Sonya
ソーニャ文庫

queen

丸木文華

イースト・プレス

contents

蛇様の目を見つめてはおえんと教えられとった。
その声に耳を傾けてはおえんのじゃと。
しゃぁけど、わしは蛇様を見てしもうた。聞いてしもうた。
あんだけ禁じられとったのに、わしはそれを破ってしもうた。
蛇様は甘い声で言うた。
『わしをここから連れ出してくれんか』
咲き乱れる椿《つばき》から仄かに甘い香りが漂っとった。
年中花が咲くこの椿は蛇様の花じゃった。どの花よりもええ匂いがしよる。
わしは蛇様に縋《すが》りついた。蛇様の女陰《ほと》に魔羅《まら》を埋めた。
そして蛇様はわしのすべてになった。

夜海島《よみじま》

魚の腐ったような臭いがする。

東野銀次郎《ひがしのぎんじろう》が潮風でべたつく額を手巾で拭《ぬぐ》いながらこの『夜海島《よみじま》』に降り立って、最初に抱いた感想だ。

もっとも本土から島へ渡る連絡船の中も大層魚臭く、石炭の臭いと混じり合って胴の間は胸の悪くなるような空気に満ちていたが、この船をよく利用する人々は元々こんな臭いには慣れっこで、不快感を覚えているのは銀次郎くらいのように見えた。

船の到着した桟橋《さんばし》からすぐ見える浜では、女たちが上半身裸で乳房もあらわに網を引き、漁から帰って来た男たちが猥歌《わいか》をがなりながら船から魚を下ろし仕分けている。魚臭いのも道理だが、なぜ腐臭を強く鼻先に嗅《か》いだのだろうか。誰も彼もが黒々と日に焼けた島民たちを眺め、銀次郎は遠い異郷にでも来たような心地になった。

同じ船に乗っていた男からすれば、この島の魚臭さは他の漁村とは違う種類のものらしい。微かに鉄の臭いが混じるような、独特のえぐみがあるのだそうだ。

「わしは元々ここの生まれなんですわ」

男も島民たち同様に真っ黒に焼けて照り輝くほどの肌をしている。名を辰治《たつじ》と名乗った。年の頃は二十六の銀次郎よりも少し若いくらいだろうか。しじみほどの小さな目と団子鼻、濃く太い眉が感情豊かによく動き、やや出歯で黒い顔の中でそこだけ白く目立つ。

「六つくらいの歳に親戚に養子に出されましてな。近くの島ですけん、そねぇに遠いところじゃありゃしません。小学校を出てから漁師をしとったんじゃが、腕を見込まれてここの網元に引き抜かれまして。結局生まれ故郷に戻って来たちゅうことですわ」

「そりゃあ、えらいことですね。漁師にも引き抜きいうもんがあるんですか」

「偉いんは先生でしょうが。わしは魚を獲ることしか能がないけぇ、どこへ行ってもやることは同じですらぁ」

辰治は銀次郎を先生と呼ぶ。岡山で教師をしていたと最初に言ったからだ。

銀次郎が育ったのは岡山の中心部だった。教師として地元で働いていたが、これからこの船の向かう先の『夜海島』の学校に行くことになったのだ。島の教師の一人が病に伏し、急遽代わりの者が必要であるということだった。

瀬戸内海には大小合わせて三千ほどの島があり、その中で人の住める島は八百ほどである。その名をいちいち覚えてもいられないが、この島の名は一度も耳にしたことがなかった。赴任が決まって同僚にも訊ねてみたが、誰も知る者はない。おぼろげに聞いたことのあるような気がする、という程度である。地図で見ればその周辺に点在する無人島とほとんど変わりないような小さい島なので、仕方ないのかもしれない。

しかし銀次郎の祖父は知っていた。

「あねぇな島に行くんか」

祖父はそう呟いて丸まった背を更に丸くしてため息を落とした。家は料理屋をやっていて、師範学校まで出たのは銀次郎が一族で初めてだった。それを殊の外喜んでくれたのはこの祖父であった。

「いつまでおるんじゃ」

「わからん。何ぞ気にかかることでもあるんか」

そう問えば、孫を不安な気持ちにさせたくないからか、または口にするのも厭わしいのか、祖父はむっつりと黙って石のようになってしまった。

そんな反応をされれば胸は不安に掻き立てられ、『夜海島』という名も何やら不吉なものに思えてくる。この島出身だという辰治に聞けばわかるだろうかと、島の名の由来を聞いてみたが辰治は首を傾げるばかりだ。

「さあ、何じゃろうなぁ。他の呼び名は知っとるで。『椿島《つばきじま》』いうらしい。椿が仰山《ぎょうさん》生えとるっちゅうだけの話じゃが。今の季節じゃ見れんけど、冬から春にかけてはなかなか見事に島のあちこちで咲きよりますけん、見物に来る客もちらほらおるらしいですよ。椿油なんぞも名物らしい」

それは不吉というよりも可愛らしい、美しい名ではないか。それでは一体祖父は何を気にかけていたのだろうか。

この辺りでよく聞くのは海賊の末裔だとか、島流しにされた罪人が子孫だとか、または平家の落人《おちうど》が島に流れ着いて集落を作ったという浪漫《ろまん》あふれる逸話である。実際この辺りは海賊が昔から跋扈《ばっこ》し水軍としてその時々の勢力図に大いに関わってきた。しかし今は明治の世であり、それを気にして『あねぇな島』などと呼ぶようなものではない。

さて、ますます祖父の態度がおかしく思え、銀次郎はこの島でのこれからの生活を思って胸をざわつかせながら船を降りた。見たところでは、何の変哲もない、妙な臭いがするだけの小さな島だ。

銀次郎が桟橋を渡りきったとき、小太りの背の低い中年男が額の汗を拭《ふ》きながら「やあやあ」と小走りに近寄って来る。

「東野先生ですかな」

「どうも、遥々《はるばる》よう来んさった。私は役場のもんで、飯塚《いいづか》いいます。これから島を少し案内しますんで……なぁに、住民も六百人程度の狭い島です。すぐに済みますけん……いやあ九月も終わりとはいえまだまだ暑いですなあ」

飯塚は銀次郎の手荷物をひとつ持ち、ふうふう言いながらしきりに丸い顔の汗を拭う。確かに今日も残暑が厳しいが、この男のように滝のごとく汗をかくほどでもない。

飯塚は忙しなくあれやこれやと捲《まく》し立てながら銀次郎を連れ回す。まさか島の人間にここには何か不吉なものでもあるのかと聞くわけにもいかなかったが、あらかたのことは聞かずとも飯塚が勝手に喋《しゃべ》ってくれた。

「先生も不憫《ふびん》じゃのう。島は島でもこねぇなしみったれた場所に寄越されちゃあ気の毒じゃ。ここは魚を獲る以外じゃと、椿くらいしか売りもんがないけん。ああ、あとは夏蜜《なつみ》柑《かん》かな。まあどれもぱっとしませんわ。近くに潮待ちで栄えとるええ島もあるけん、あっちに行きゃあものも豊かで別嬪《べっぴん》も仰山おる。先生も別嬪が好きじゃろが。国にええ人がおるか？　まあそんなもんは気にせんでええ、ここいらの女は先生みてえな男を放っておきゃぁせんです」

「ええ、そうです」

いつの間にか口調も気安いものに変わっている。狭い村のことなので同じ場所で暮らす人間の機嫌を損ねてはいけないと気を遣って聞いているが、早々と猥談に移っていく下品さに内心辟易《へきえき》する。

早くどこかに落ち着きたい。慣れない船旅で疲れてしまったし、余計な心配をして気持ちが塞いでいる。そんな銀次郎の思いとは裏腹に、飯塚は張り切って案内を続けている。

「この長い石段の上に赤い鳥居が見えますでしょう。綿津見《わたつみ》の神様をお祀《まつ》りしとるんですわ。漁村はどこもそうでしょうが海の神様に毎日祈って漁での無事や大漁をお願いするんです。海の上でなんぞ危ないことがあって生きて戻れば、助けていただいたお礼を奉納する。ここいらのもんは皆信心深いですよ。なんちゅうても海の上じゃ神様の気分ひとつじゃけぇな」

「綿津見の神……」

島のいちばん高い場所にその神社はあった。大きさはそれほどでもないが、長々と続く階段の上にそびえ立つ赤鳥居は、潮風になぶられて色褪《あ》せてはいても、なるほど威厳に満ち、村人たちが海の神として崇《あが》める対象に相応しい。

何となく眺めていると、お参りを終えて石段を降りてくる一人の娘が目に留まった。女中なのか娘の後ろから風呂敷包みを抱えた女がつき従っている。娘は恐らく良家の子女のようだ。着ているものやその姿勢、雰囲気からそれが察せられる。

そして銀次郎はその娘の容貌に、これまで覚えたことのないような強い衝撃に打たれた。

(なんちゅう美しい娘じゃ)

娘はまだ二十歳に届かぬ年頃だろう。漁村には似つかわしくないほどの白い肌の光沢に、豊かな黒髪を桃割れに結い上げ、生成り色に藍色の唐花が描かれた着物に夏羽織を着て、慣れた様子ですらすらと階段を降りてくる。

着物の上からでもわかる見るからにたっぷりとした豊満な肢体は滴《したた》るほどの色香だが、ふしぎとなよやかで可憐であり、その小作りの瓜実顔《うりざね》の中に植わった目鼻立ちの麗しさといったら時を忘れて見入ってしまうほどだった。

細く格好のよい鼻筋、ふっくらとしたなめらかな花弁のような唇、何といっても静かに弧を描く眉の下に輝く、黒い花の咲いたような瞳は遠くから見ていてもハッとするほど美しく、青いほどに澄んだ白目の中にくっきりと浮かんで、見ているとその奥に引き込まれてしまうようだった。

「東野さん、どうしました。こねぇに暑うてはやはりえれぇかな」

飯塚の声にハッと我に返る。ぼうっとしている銀次郎を気づかわしげに見ている飯塚に慌ててかぶりを振る。

「いえいえ、平気です。それより何です、飯塚さん」

銀次郎はすっかり見とれてしまっていた自分を恥じるように笑った。

「近くの島がどうのこうのと言って、ここに別嬪も別嬪がおるじゃないですか」

「ああ……あの娘ですか」

銀次郎の視線の先を見て、にわかに飯塚の顔が曇る。

「あれは網元の堂元《どうげん》家の娘で椿《つばき》という名です。先生の言う通りえらい別嬪じゃ。岡山でもあそこまでの娘はちょっとおらんでしょう」

銀次郎は頷くしかなかった。まさかこの小さな漁村で、あんな目を瞠《みは》るような美しい娘に出会うとは思わなかった。彼女の周りだけが切り取られ、一葉のはがきのようである。そのまま美人画になって飾られてもいいような、田舎の漁村にはあまりに異質な存在感だった。

「僕はあまり漁業には詳しゅうないんですが、網元ちゅうんはやっぱり偉いもんなんですか」

「そりゃぁそうです。農民でいえば地主と小作みたいなもんで、まあ海は誰のもんでもありゃせんですが、船も網も網元が持ってますんで、それがなけりゃあ仕事にならんです。もちろん分前《わけまえ》はだいぶ網元が持っていくようですが、土地や家なんかも世話されて、その関係がもう何代にも渡って定着しとるのが漁村でさあね。まあ飼い殺しいうほどでもないんじゃが、鵜飼《うかい》と鵜みたいなもんですわ」

　飯塚は上手いことを言ったと思ったか一人で笑っている。しかし急に表情をくるりと変えて、やや真剣な面持ちで銀次郎を見つめた。

「しゃあけど先生、あの娘には近寄らん方がええですよ」

「いや、僕は何も……」

「下心がのうてもおえん。男が近くにおるだけでえらい警戒する狂犬を飼《こ》うとるんですわ、あの娘は」

「恋人ですか」

「そんならまだええが……」

　石段を降りた娘はぴんと背筋を伸ばし銀次郎たちと反対方向へ去って行く。その先に腰の曲がった老婆がおり、娘を見て土下座せんばかりに頭を垂れ、仏様を拝むかのように手を合わせている。いつものことなのか娘はそれを気にする素振りもなく通り過ぎてゆく。

「あのお婆さん、随分熱心に拝んどりましたな……やっぱり網元の娘さんだからですか」

「いやいや、とんでもない。あの娘にあねぇな態度なんはあの婆さんだけですらぁ。トヨ婆ちゅうんですがね。私らは蛇婆とも呼んどります」

「蛇婆？　何でまた」

「ああ、昔からあちこちの蛇塚をな、しょっちゅう清めて回っとるもんで。今でも習慣は変わらんですが、もうすっかりボケてしもて、あの娘を何と勘違いしとるんだか……」

さすがに網元の娘ということで憚《はばか》ったのか、飯塚は神社へと続く階段の前を通り過ぎながら声を潜める。

「第一、あの椿いう娘は生まれからして曰くつきなんですわ。母親は『おしず』いう女で、これがまた水が垂れるような綺麗な女でした。島のもんじゃありません。今は病に臥《ふ》せっていなさるが、堂元の当主がどこからか連れて来て、囲ってしもうたんですわ」

「それじゃ、あの娘はお妾《めかけ》さんの子なんですね」

「そうです。じゃがそんな風には見えんでしょう。まるでこの島でいちばん偉えような顔をしとる。そう思わんかったですか」

飯塚の悪意ある物言いに銀次郎はギョッとする。このお喋りで気のいい中年男が、なぜあの美しい娘を批難するのか。

「椿の母親のおしずもそういう女でした。どこの馬の骨とも知れんもんが、妙に偉そうにして堂元の旦那を従えておった。旦那はもう夢中で夢中で……あの女のために別棟まであつらえたほどですわ」

「それは随分、入れ込んでおったがですね」

「あの女が来てから、堂元家はおかしゅうなったんです。おしずは椿を産んで数年してふっつりとどこぞへ消えよった。旦那の執着にも子育てにも嫌気が差して、岡山の男のところへ行ったんじゃろうと皆噂しとりました。それから旦那はもう萎《しお》れてしもて、どういうわけか海も荒れる日が多くなりましてな。漁師じゃ食って行けず本土へ渡ったもんも仰山おる。今は鉄道で働いた方が金になるけんな。それもこれも、全部あのおしずのせいですわ。その娘は女太閤様《おんなたいこう》でございちゅうような顔で大きな屋敷にふんぞり返っとりますけんなあ。漁村の生まれの癖に海が嫌いじゃとかでせいぜい浜辺をお散歩する程度じゃ。海に潜れん女やこ夜海島の女やない。外にも滅多に出んから、あの通り真っ白けですわ」

まだこの夜海島に着いて一時間も経たない内に、少し見ただけの網元の娘のことにやたらと詳しくなってしまった。

よほどこの男は椿に思うところがあるようで、よそ者の銀次郎が聞いていても眉唾ものであると察しがつくような品のない噂をべらべらと捲し立てている。

(椿……謎の女の産んだ娘……)

すでに銀次郎は椿の虜《とりこ》となりかけ、横の腹の出た男が喋っている話など半分も入ってこない。何やら曰くつきの島に、妖しいほどに美しい網元の娘。上手くやっていけるだろうかと不安に満ちていた胸は、今や奇妙な喜びに膨《ふく》らみ、鼓動は激しく鳴っていた。

その晩、銀次郎は村の青年会の宴に招待された。

若者たちで様々な村の取り組みや世の中の議論、漁の成果や世間話などを語らう場で、大概は酒を飲んでわいわいと騒ぐことになる。

今日は銀次郎と辰治、二人の新入りを歓迎するという理由にかこつけて開かれた宴会であった。

「さあ先生、まあ飲んで飲んで。今日はわしらの歓迎会じゃけぇ、わしらが一等飲まんとおえん」

「辰治、お前さんと先生を一緒にしちゃいかんぜ。先生は岡山の師範学校を出た偉え先生なんじゃ。お前さんはようやっと平仮名が書けるくらいじゃろうが」

「何をぅ、お前らも一緒じゃろう。アホウなんはわしだけじゃねえわ」

どっと座が笑いに沸く。辰治は元々この島出身のためか本人の人懐こい気性のためか、あっという間に村の若者たちに馴染《なじ》んでしまっている。

「ええ、ええ、わしらは網引いて、かかあや子どもらに飯食わせて、こうして酒飲んで騒いどればええんじゃ。平仮名も漢字もいらんいらん。そねえな小難しいことはこの大先生に任しときゃええ」

「そうじゃそうじゃ。わしらは漁師じゃ。腕っぷしが命よ。わしゃぁ先の戦争じゃ勲章ももろうたで。頭より体じゃ。男は戦って勝てばええんじゃ」

よい塩梅《あんばい》に酒が回ってきた若者たちは気炎を上げる。銀次郎はその中で小さくなっているしかない。荒くれ者の漁師たちの怒号に近い宴会は、学校で学友と文学論なぞを戦わせていた銀次郎からすればまるで種類が違う。

あの後飯塚に銀次郎がこれから勤める小学校へも案内されたが、教師たちは皆随分年上ばかりで、友人になれそうな相手はいなかった。しかし、この荒々しい漁師の若者たちと迎合できる気もしない。大勢に囲まれながら感じる孤独に、銀次郎は秘かにため息をつく。

「そういや丈吉《じょうきち》よぅ、お前あの若後家とどうなっとる。かかあがヤキモキして毎日女どもに悔しい悔しいいて泣きついとるらしいぞ」

「なぁに、女も皆涼しい顔して別の男の上に乗っかっとるんじゃ、かまやぁせんじゃろ。ほれ、岡山に出稼ぎに行っとる浩一《こういち》の嫁なんぞ、すっかり淫売じゃ。こないだ数日家を空けたんは、赤ん坊を堕《お》ろしに行ったちゅう話じゃぞ。その後も男を引っ張り込むんは変わらんけどな」

「ここにおる何人かも世話になったじゃろうが。あはは、隠さんでええ、皆知っとるけんのう」

この漁村にも夜這いの風習があるのだろう、と銀次郎は察した。年頃になれば若い男女は配偶者や恋人でなくとも交わることが公然と許されている大らかな文化がある。もちろん相手がいればそれは問題になるため婚姻後には表向き制限されるが、元々性に緩やかな土地柄であれば見過ごされることもあるのだろう。

何よりこの田舎の漁村では娯楽が少ない。裕福でなく教養もほとんどないだろう。そういった場所で最も楽しいものが男女のことであるというのは理解できた。

銀次郎は飯塚の『ここいらの女は先生みてえな男を放っておきゃぁせんです』などという言葉を思い出す。先の日清戦争で戦死した男はこの島にもいるだろう。その後家が男と契《ちぎ》るのはこの島では何の咎《とが》めもないのだ。そして、自然と銀次郎の瞼《まぶた》の裏に浮かんだのは、神社の階段を降りる椿の美しく豊艶《ほうえん》な姿であった。

「あの乳も尻も着物の下から弾けそうじゃ。わしゃぁ、あの女と一度でもオメコでけるもんなら潮《うしお》に殺されてもええ」

隣から聞こえてきた台詞が、まるで自分の心の言葉が出たように思ってぎくりとする。見れば男が涎を垂らしそうな顔で笑っているのを、皆も頷いて同意している。

「しゃあけどさすがに網元の娘は無理じゃや。わしらがおまんまの食い上げじゃ」

の獣《けもの》じゃな」

「倅《せがれ》まであの女を狙っとるちゅう話じゃ。腹違いの妹じゃいうのに、あの男は島いちばん
「潮が目ぇ光らせとるじゃろ。きっと自分が毎晩女主人様とお楽しみじゃ。わしらの入る隙間なんかねえ。あの大男、お道具もでぇれぇ立派じゃねんか。椿さまぁ椿さまぁ言うて、一晩中腰振っとるんが目に浮かぶわ」

どっと座が下品な笑いに沸いている。

やはり網元の娘、椿の話だ。あの役場の職員だけでなく、島の者全員からこのように嘲られ軽んじられているのか。

「何じゃぁ、その潮いうんは」

辰治が煙草を吸いながら赤ら顔で問う。

銀次郎には察しがついた。潮というのが、飯塚の言っていた『狂犬』なのだろう。

「辰治は知らんか。お前がこの島におらなんだのは随分長いか」

「わしは六歳で出て行ったきりじゃ。じゃから十六年ぶりかのう。椿様がまだ二歳の頃じゃけぇ。しかし、潮ちゅうんは……」

「あれはなぁ、八年前にこの夜海島の浜に流れ着いた男じゃ。文字通り流れ着いたんじゃ。半死半生でな。それを椿様が見つけて助けた。それ以来、女太閤様の犬じゃぁ」

そのあまりに珍妙な話に、側で聞いていた銀次郎も驚いた。どこかで船が転覆し、必死で泳ぎ着いたのだろうか。

「もう少しで死ぬような状態じゃったらしいで、それまでの自分のこともすっかり忘れてしもうたらしい。名前も何も覚えとらんから、椿様が潮と名づけた。ほんまもんの犬じゃ」

「そりゃぁたまげた。そんな氏素性《うじすじょう》もわからんような男が網元の娘の近くにおるんか」

「椿様はあの気性じゃけんな……ちゅうても、辰治はわからんか。あの娘は一度言うたら頑として曲げん。口もよう回って学校じゃ教師もやり込められとった。綺麗な人形みてぇな顔して、中身はぼっけぇ激しい娘じゃ。当主の錦蔵《きんぞう》様はおしず様がおらんようなってから芯が抜けたみてぇになってしもて言いなりじゃし、今は寝たきりらしい。跡取りの行雄《ゆきお》様は潮を面白う思わなんだが、自分が散々問題起こしとるけんな。何も言えんかった」

へえ、と辰治は目を丸くして聞いている。この島を出る頃とはまるで網元の家の事情が違っているのに面食らっている様子だ。

「噂でおしず様がいのうなったいうんは聞いとった。しゃぁけどまさかなあ、そねぇなことになっとるとは」

「様なんぞつけて呼ぶ必要やこねぇ、おしずも椿も淫売じゃ。あの女どもが堂元のお家をおかしゅうしたんじゃ」

男たちは飯塚とまるきり同じことを口々に叫ぶ。

「錦蔵様がおしずの妖気に当てられてあの女を引き込んだんと、椿がどこぞのもんかもわからん男を引っ張り込んだんは同じじゃ」

「いや、潮は流れ着いたふりをして島のお宝を狙っとるんじゃ。無口な男じゃが腹で何を考えとるのかわからん。あいつは椿に自分を囲うよう仕向けたんじゃて」

あまりに自然に出てきた言葉を聞き流しそうになったが、銀次郎はなんとも面白げな言葉にどきりと胸を騒がせる。

（お宝？　こん島に、そねぇな大層なものがあるんか）

銀次郎は冒険譚《ぼうけんだん》が好きだった。少年がそういった話を好むのは常のことだが、銀次郎は長じた今になっても好み、朋輩《ほうばい》らと文学論を戦わせる陰で、『少年園』や『少年世界』などの雑誌をこっそりと愛読していた。子どもの頃から読書好きで、小遣いを貯めて古本を買ったり学校の蔵書や友人らに借りては架空の世界の広がりに胸をときめかせたものだ。

祖父も無学にもかかわらず本好きで、しかも銀次郎と同じ種類のものを好んでおり、二人でよく小説の感想を言い合っていた。

昨年出版された押川春浪《おしかわしゅんろう》の『海底軍艦』には祖父と一緒に大層興奮したものだ。

日清戦争後、戦勝に沸いた日本人は鎖国していた過去なぞどこへやら、海外へと飛び出す破天荒な物語を好み、それがまた銀次郎の求めるものにぴたりと合致していたのである。そして辺鄙《へんぴ》な島の学校へ飛ばされ意気消沈していたところへ、なんとお宝の話だ。なんともたまらない展開に若い教師は内心少年のように浮かれた。

そんな銀次郎をよそに男たちは品のない話で盛り上がる。

「あいつの体の見事さは皆知っとるじゃろう。銭湯《せんとう》で何も隠さずずかずか入って来よるけん。あげぇなもん、女は皆夢中になってしまうじゃろ。どこぞに魔羅で女帝を言いなりにさせた坊さんがおったよなあ。まさしくあれじゃて」

「そうじゃ、そうじゃ。椿はすっかり潮の魔羅が気に入ったんじゃろ。見てみぃ、あのふるいつきとうなるような体をよ。毎晩男にたっぷり可愛がられとらんと、ああはならん。まったく、母娘揃ってあの女どもは――」

そのとき、男たちの喧騒《けんそう》を一刀両断するような鋭い音を立てて襖《ふすま》が開いた。

そこに仁王立ちになっていた男を見た銀次郎は、もう少しで情けない悲鳴を上げそうになった。

まるで金剛力士像である。その背丈は六尺もあるだろうか。赤銅《しゃくどう》色の肌の荒々しい筋肉は怒りに膨れ上がり、深い眼窩《がんか》から光るギョロリとした目は男たちを一人一人突き通すような激しさで睨めつけている。

（この男が『犬』か）

銀次郎はすぐにそう察した。しかし、よくも漁師たちはこの恐ろしげな大男を犬などと呼べるものだ。これは到底犬などではない。例えるならば虎《とら》か獅子《しし》だ。

「酒じゃ。行雄様が持って行けと言いんさった」

男は低くそう吐き捨て、片手にぶら下げた一升瓶《いっしょうびん》を投げつけるように畳に転がす。腹の底に響くような美声であった。憤りに染め抜かれているとしても、低くなめらかで、豊かな声である。

そして、恐ろしさにやや慣れてよく見てみれば、顔貌《かおかたち》もまた無双の美形だ。まるで西洋人のようにきっかりとした目鼻立ちで、濃密な黒々とした睫毛が精悍《せいかん》な頬の上に長い影を落としている。その上背と幅広い肩、分厚い胸も相まって、同じ人種とは到底思われないほどだ。だがどことなく幼く、少年のような甘い顔つきなのが、ふしぎに親しみを感じさせる。

どうやら堂元家の長男に言いつけられ酒を持って来たものらしい。銀次郎と辰治の歓迎会と銘打った宴会が若者たちで開かれると耳にしてのことだろう。本来ならばこの男もこの寄り合いに参加するような年齢だが、その特殊な立場ゆえに、村の若者たちと酒を酌み交わすことなどないに違いない。

聞くに耐えないような陰口を聞いて怒り満面のようだったが、ぐっとこらえている様子で暴れはしない。用事が済むとさっさと出て行こうとする潮に、水を打ったように静まり返っていた座敷から、ふいに声を上げる者があった。

「おい、お前。お前が潮か」

辰治である。酔っているのもあるだろうが、その好戦的な顔つきに銀次郎は青ざめた。

「おい、何とか言え。今わしは皆からお前の話を聞いたぞ。上手いことしおって、網元の家に入り込んだそうじゃねんか」

潮は黙って振り返る。先ほどのような烈《はげ》しい怒りではなく、静かに燃えるような目をして、侮蔑を含んだ眼差しを辰治に投げてよこす。

その軽んじるような視線に辰治も敏感に気づいたのか、赤ら顔を更に赤くして立ち上がった。

「おうおう、何じゃその目は。女にぶら下がっとる情けねえ男のくせに、ええ？」

喧嘩《けんか》っ早い質《たち》らしい辰治は、皆が止める前に潮に飛びかかってゆく。

すると、潮はその拳を難なく摑み、ものでも投げるように軽々と辰治を壁までふっ飛ばした。

「辰治！」

皆がわっと大の字に伸びている辰治の元へ駆け寄る。ハッと銀次郎が視線を巡らせたときには、そこには既に潮の姿はなかった。

「こんアホウ、あいつにだきゃぁ喧嘩売っちゃおえんで」

「あいつにゃぁ誰も勝てん。馬鹿力の上えれぇ足も速い。獣並みじゃ。そもそも体つきが違うとる」

やいのやいのと責められて、ようやっと体を起こせるようになった辰治は仏頂面で杯を舐めている。

「なんじゃぁ、皆でかかりゃあげぇな男、いくら怪力でも押さえ込めるじゃねんか」

「そんなんできるわけがなかろう。お前は何も知らんからそねぇなことが言えるんじゃ」

「ええか、わしらも最初は潮に色々吹っかけとった。じゃがもう誰もそねぇなことはせん。あいつがとんでもねぇ馬鹿力と動物並みの俊敏さがあるっちゅうことがわかってからはな」

青年たちの話では、潮が回復したばかりの頃、失った記憶をどうにか取り戻させようと、椿が島中を連れて回っていたらしい。この島の人間でないことは間違いないので、島の風景を見て何かを思い出す可能性は低かったが、この辺りの島の者であるならば瀬戸内の島々は大体似たような景色が見えるはずだと考えたのかもしれない。

その最中、皆は珍しいものを見るような目で潮を見ていた。彼はほとんど喋らず、ただ椿の後に従うだけだったようだが、時折交わされる言葉から、この辺りの訛《なま》りではないと皆感じたらしい。

島の人間でもない、瀬戸内の人間でもないとなると、警戒心は一層強くなる。あれは誰じゃ、どこのもんじゃと皆が不安になり始め、一時期は潮を追い出そうという動きがあったという。

しかしそんなことは幼いながらもすでに『女太閤』であった椿が許さなかった。一度自分が庇護すると決めた潮を排斥《はいせき》しようという者は言葉で言い負かし、持ち前の威圧感で黙らせたという。

だがそんな椿の鋼鉄の意志も島の若者たちの不満を退けることはできなかった。

ある日いつものように潮を連れ歩く椿を山道の途中で六人ほどで待ち伏せし、この男を追い出せと迫ったのだ。

「椿様はどねぇに強そうな男でも何人に囲まれても、顔色ひとつ変えなんだ。男たちは十代から三十代の者までおった。皆瀬戸内の荒波で揉まれてきた血気盛んな漁師じゃ。それに引き換え、椿様はあん頃は、まだ十歳かそこらじゃぞ。広いお屋敷の奥で育てられたお姫様じゃちゅうに、大したおなごじゃ。『わしがこの男を助けた。この男の記憶が戻るまで面倒を見るんはわしの務めじゃ』とな」

「しゃぁけど男らもそれじゃ気が済まん。皆よそ者は嫌いじゃ。しかも潮ときたらどこの人間かもわからん。自分の名前もわかりゃせんのじゃ」

「じゃから、わしらはそんなら力づくで追い出しちゃる言うて、潮を連れて行こうとした。やめろと拒むこんまい椿様を思わず突き飛ばしてな」

すると、潮は突如烈火の如く怒った。椿を突き飛ばした青年を殴り倒し、何をと飛びかかってきた男たち全員をあっという間にのしてしまったのだという。

「ありゃぁ、多勢に無勢なんちゅう言葉は当てはまらん。潮は一人で文字通りの千人力じゃった。さっきのお前はまだええ。もっと遠くまでぶっ飛ばされた奴もおるけん」

「わしゃぁあいつに殴られた腹が今でもシクシク痛むで。一週間何も食えんほどじゃった。死なんかったのが奇跡じゃ。医者には『熊とでも戦ったんか』言われたわ」

椿が『やめろ』と叫んでようやく潮は止まったという。そうでもしなければ一人一人確実にとどめを刺されていたと男たちは口を揃える。

「あの頃のあいつは一度怒りに火がついたらもうおえんかった。椿様の一声でやめはしたが、暴走する力をどうしようもねぇ有様で、手近な杉の大木を拳のひと突きでぶち折りおった」

かったのだ。

辰治は顔を引き攣《つ》らせて笑った。自分がどれほど恐ろしい相手に喧嘩を挑んだのかわかったのだ。

「海で死にかけて回復したばかりの頃じゃったちゅうにのう。まあ、そねぇなことがあってからは、もう誰も潮に手を出す奴はおらなんだ。あいつの怒りの発作は椿様じゃけぇ、椿様にも誰も近寄れんようになった」

「潮も次第に落ち着いていったな。言葉もすぐにわしらと変わらんようになった。あいつは無口じゃが覚えるんはぼっけぇ早かったのう。椿様に教えられたのかもしれん」

「そういうわけじゃ。ええか、あいつには手出しすな。滅多に出会うこともない相手じゃけぇ、堂元のお屋敷に乗り込むくらいせんと顔も合わせられんがな」

漁師たちは新入りに潮の話を色々披露する。どれもが作り話のようだが、どうやらこちらは本物らしい。椿が淫売だなんだというのはただの誹謗《ひぼう》中傷だが、潮の恐ろしさは実際に目の前で見れば忘れられないものなのだろう。

しかし、銀次郎はこの一悶着《ひともんちゃく》や潮のことよりも、その直前に漁師たちが話していた内容の方が気にかかっていた。

「すまん、あのう、ちと聞いていいか」

「どうした、先生」

おずおずと訊ねてみると、仕切り直しとばかりに潮の持ってきた酒瓶を開けて一杯やり出した男たちは気のいい返事をする。

「先生、きょうてかったじゃろう。漁師は荒々しいけん、あねぇな喧嘩沙汰も珍しゅうないけえ……まあ、あいつの場合はちと程度が違うとるがな」

「ああ、それはええんじゃが……僕はさっきの話が気にかかってな」

「さっきの話？　何じゃったかな」

「島のお宝っちゅう話じゃ」

「ああ……あれか」

男たちは顔を見合わせてどこかくすぐったそうに微笑んだ後、口々に説明し始める。

「まあ、一種のおとぎ話じゃ。夜海島には昔海賊が住んどった。それもひでえ連中で、出会った船に乗っとるもんは皆殺しじゃ。あんまり島の周りで人を殺し過ぎて、浜には毎日のように死体が流れ着いたそうじゃ。そのせいで、島に近づくだけで血の臭いがしよったらしい」

「そんで、あの世に最も近い島いう意味で、『黄泉《よみ》の国』の黄泉島いう風に呼ばれたんじゃ。それが文字が変わって夜海島になったんじゃろな」

ようやくこの『夜海島』の語源がわかった。なるほど、黄泉島のままでは確かに不吉である。名を変えたとはいえ、その謂《いわ》れを知れば少々気味が悪い。祖父はこのことを言っていたのだろうかと首を傾げる。

ふと、辰治がこの島は潮風に混じって鉄のような臭いがすると言っていたのを思い出す。すでにこの島の近海で殺戮《さつりく》など行われていないというのに、一体なぜなのだろう。辰治は島の名の謂れを知らなかったようなので、思い込みというわけでもなさそうだ。

「その海賊どもがこの島のどこかにお宝を隠したちゅう伝説があるんじゃ」

「何でも人魚の不老不死の妙薬らしいで。まあ、島のもんは誰も信じとりゃせんがな。噂を聞いたよそ者が時々探検に乗り込んで来よる」

「そ、その宝はどこにあるんじゃ」

銀次郎は思わず身を乗り出す。

「島のどこかっちゅうんは」

「ははは、先生、探す気か？　やめとけやめとけ、誰も見つけたもんはおらん」

「それにのう、お宝は呪われとるちゅう話じゃけぇな。わしらは信じとらんし探そうともせん。万が一見つけて呪われてしもたら元も子もないけんなあ」

「探しに来よったよそ者いう人らは……」

「結局骨折り損でさっさと帰ってしもたんちゃうかなあ。いつの間にかおらんようなっとるけん。わしらもどうせ見つからんと思うて気にしとらんけんな」

島の宝に食いつく銀次郎を面白がって説明し終えると、男たちはまた猥談に戻ってゆく。銀次郎は回り始めた酒に頭をフラフラさせながら、島の宝と、獣のような潮と、そして曰くつきの美しい椿のことを考えている。

ここへ来る前に想像していた寂れた漁村での灰色の生活が、次第に色鮮やかな冒険譚のように変化してゆく。

（人魚の不老不死の妙薬……しかもこの島には椿が自生しとる。人魚の肉を食ろうて不老不死になったといわれとる八百比丘尼《やおびくに》は、方々の国を巡りながら椿を植えたちゅう伝説がある……）

しかも、あの美女の名も『椿』である。椿の咲く島。海賊の人魚の宝の昔話。人魚伝説は方々の土地に残されているが、この島もなかなかに舞台が揃い過ぎているではないか。

「先生、お宝に興味があるんじゃな」

あれこれと想像に耽《ふけ》っていると声をかけられドキリとする。

話しかけてきたのは、先程潮に赤子の手をひねるように投げられた辰治であった。

「はは……、まあ、少し。わかりましたか」

「そりゃぁな。目が輝いとるけん。こねぇな何もねぇと思っとった島に、意外と面白いもんがあるとわかってわくわくしとるんじゃろ」

辰治は酔って赤い目をして笑っている。潮に投げられた屈辱はまだ色濃く残っているようで顔が硬く強張《こわば》っている。

「わしも興味があるのう。人魚かどうかわかりゃせんが、お宝ちゅうたらきっと値打ちのあるもんに違いないけぇ」

「そうですなあ……呪われとるちゅうのがきょうてぇですがね」

「そねぇなもん、宝を見つけさせんための常套《じょうとう》手段じゃろ。何でもそうじゃ。しゃぁけど、そねぇな昔に隠されたお宝を、こねぇにこんまい島で何で誰も見つけられんのかのう。誰も彼もが呪いなんぞ怖がるわけじゃなかろう」

辰治は意外と真面目に考察している。確かにそれは奇妙なことかもしれないが、それだけ難しい場所に隠されているか、もしくは誰も真剣には探していないか、はたまた本当は宝など存在しないかのいずれかだろう。

（それとも、他に何か理由があるんか？　宝を誰も見つけられない理由が……）

ふと想像した可能性に銀次郎はなぜかぞっと肌を粟立《あわだ》たせた。この宝探しは危険である可能性もあるのかもしれない。けれど、未知の世界へと向かっていく銀次郎の冒険心は抑えきれそうになかった。

「まあ、わしも探ってみるけぇ、何ぞわかったら教えちゃりますよ」

「ほんまですか。ありがとうございます」

「わしはこれでも誰かが隠そうとするもんを見つけ出すんは得意なんじゃ。まあ、頑張りましょうや」

辰治が本気かどうかはわからぬが、宝探しの仲間が見つかったようで銀次郎の胸は喜びに弾んだ。伝説の真偽はまだ不明だが、当分はこれで慣れぬ島暮らしも楽しくなりそうな気配である。

椿と潮

今宵の月琴《げっきん》の音はくぐもって遠くまで響かない。

それでも心がにわかに騒いで弾かずにいられない椿は二、三曲爪弾《つまび》いていたが、潮の帰宅の気配に指を止めた。

別棟へ渡ってくる足音でよくわかる。体の重みに反して流れるような足運び。彼の気性を表すような規則正しい乱れぬ調子。

椿は耳が鋭敏なので誰の足音でも判別できるが、潮のものはその音から心情をも理解することができる。今の潮が平静を装いながら怒りに包まれていることも。

「潮。お前、また喧嘩をしよったな」

襖の前で膝をついた潮が何かを言う前に声をかける。

不意打ちを食らったようにやや沈黙の間があり、「失礼します」と静かに襖が開いた。

潮は無表情の中に微かな羞じらいを浮かべている。

「俺は手出ししとらん。向こうから殴りかかってきたけえ、仕方のうてぶん投げた。それだけじゃ」

「一応我慢はしたんじゃな。それでええ」

椿は月琴を横へ置き、「おいで」と手を広げる。潮は膝で擦ったまま転げるように椿の胸へ抱きついた。潮の頭の重みを感じながら、その硬い髪を優しく撫でてやる。

「ようやった、ようやった。お前に酒を届けさせるなんぞ、どうせ兄様の嫌がらせじゃ。あげぇな阿呆どもの集まりでどねぇな話しよるか、誰だって知っとる。お前が一悶着起こすのを期待しとったんじゃろな」

「新入りが暴れよった。見たことのない男が二人。その内の黒い方じゃ」

「教師と漁師が来たちゅう話じゃな。漁師は元々この島の生まれと聞いた。お前が流れ着く前に出て行ったもんじゃろうな」

椿は潮の体から香る海の匂いを嗅ぎながら、あの日のことを思い出している。

浜に倒れて腰から下を波で洗われていた潮は意識を失っていた。家の者に頼んで屋敷へ運び込んでもらい、医者を呼んで目を覚ますまでつきっきりで診てもらった。

潮は一晩高熱を出したが、翌朝にはすぐに快方へ向かった。目を開きその視線が最初に傍らの椿を捉えたとき、瞳の美しさに椿は胸が冷たく凍りついたように思ったものだ。そ

の色は深々とした青だった。光の加減か、次第に深海へ落ちてゆくように青みは濃く漆黒となり、冴え冴えとした黒真珠となった。

『名は』

『歳は』

『お前、どこの生まれじゃ』

矢継ぎ早に様々な質問をしたが、潮は黙ってかぶりを振るだけ。何も覚えていなかったのだ。

元々無口な質のようだった。意識を回復しても一言も口を利かないので、椿も初めは言葉を話せないのではないかと思っていた。

『ここは、どこだ』

それが目を覚まして一日が経った後、潮が初めて発した言葉だ。椿は思わず「ほう」と感嘆の声を漏らした。その言葉の内容でなく、声に鮮やかな驚きを覚えたのだ。

潮の声は美しかった。その相貌に見合った、低く豊かで美しく、聞く者をうっとりとさせる声であった。

そして、ぽつりぽつりと喋りだした言葉にはこの辺りの訛りがなかった。しかし、どこから来たのか覚えていない潮には出身地もわからない。その言葉のせいでますます村人には奇異の目で見られたが、何も教えずとも潮はすぐに言葉を覚えた。そういった才能があるのかもしれない。

基本的に、潮は滅多に口を開かない。時折言葉を忘れてしまったのではないかと訝るほど、ものを言わぬ。

しかし、椿と二人きりのときには人並みに喋った。それがまた可愛いと椿の気に入っている。潮が心を許しているのは、自分ただ一人なのだと。

「あいつら、わしのことを何と言うとった」

「言いとうない」

潮は即座に吐き捨てる。

「下劣な連中じゃ。椿様の言いつけがなかったら死ぬほど殴りつけとった」

「おえん、おえん。潮がそねぇに力いっぱい殴ったら本当に死んでしまうけんな。お前を人殺しにするわけにゃおえん」

椿は慰めるように潮の大きな背中をぽんぽんと叩く。着物の下の分厚い筋肉が悔しさに震えているようだった。

潮は憤りを覚えたり高ぶり過ぎて我を失いそうになると、こうして椿の胸に顔を埋め心を鎮める習慣がある。それは潮から乞うたのでも椿から手を差し伸べたのでもなく、自然と始まった儀式だ。

ここへ来たばかりの頃の潮は激しやすかった。自分は何を言われても平然としているが、椿に対しての言葉や行為に対してひどく怒るのだ。

一度、潮の存在をよく思わない青年たち複数に囲まれ、潮をかばおうとした椿が突き飛ばされたことがあった。そのときの潮の怒りは凄まじいものだった。

まだ潮が歩けるようになってさほど経っていない頃で、潮がそれだけ感情をあらわに暴れまわるのを見るのも初めてだった椿は、唖然としてしまい、潮を制止するのも遅れてしまった。

そのことは今思い出してもゾッとする。もう少し遅れていたら、潮は間違いなく全員殺していた。そう思ってしまうほどの燃えるような殺気がその全身に漲《みなぎ》っていた。

それからかもしれない。潮を鎮めるため、小さな少女だった椿がこの男を胸に抱き締めるようになったのは。

(ほとんど覚えとらん母様の思い出じゃ……母様はわしが泣き出すと、こうして胸に抱いてくださった。そうすると、自然といやぁな気持ちがすうっと消えていったもんじゃ)

ふしぎなことに、潮もこうして胸に抱くと大人しくなり、ほとばしるような怒気も鎮まっていく。それを知ってから、椿はこうして潮の変化を察知すると抱き締めるようになったのだ。

村人たちの言うようなことは一度もなく、椿は十八で未だ処女である。村の娘たちは逢い引きしたり夜這いをかけられたり、すでに結婚して子がある者も多い。この歳になってもまだ『女』になっていないというのに、その体つきだけで男たちは椿がとうに男の旨味を知り尽くしていると思い込んでいる。

椿は誰とでも寝る者の心が理解できない。好いてもいない男に触れられるなど気色悪いとしか思えないのに、なぜ村の女たちは受け入れられるのだろうか。自分が潔癖だとは思わないが、彼女たちよりは身持ちが堅い。そんな女たちにすら、椿は『淫売』と言われている。

（潮だけじゃ。わしの家族は）

この村で生まれ、この村で育ちながら、椿は氏素性が不明である母のためにずっとよそ者のような目で見られてきた。

物心付く前に母がいなくなってしまったため、椿の思い出にほとんど母親の影はない。ただ、覇気がなくなり病がちで、ついには寝たきりになった父親と、存在感の薄い義母、腹違いの兄妹でありながら汚らわしい目で見てくる兄、義姉はしっかりした女だが椿を敬遠しており、息子も椿に近づかせようとはしない。

父は母に似ている娘を溺愛してくれているが、その母のためにどこにも馴染めずにいる椿は、父の愛情をまっすぐに受け止めることができずにいる。また受け入れられぬのなら自らおべっかを使って仲間に入れてもらおうなどと露《つゆ》ほども思わぬ気性であるので、これまで友達の一人もなく、親しく付き合うような相手もおらず、椿は文字通り孤高の女王であったのだ。

そんな中で潮が現れた。

当時椿は十歳だったが、幼い頃から変わらぬ気高い心持ちのために、子どもらしさのあまりない、理知的な少女であった。

八年前も潮の姿形は今と変わりなかった。見知らぬ大きな男。けれど椿は目覚めた潮と目が合ったとき、誰よりも親しみを感じ、きっとこの者とは距離を感じずに付き合っていけると、直感のようなものを覚えたのだ。どこか懐かしい『匂い』のようなものだろうか。

もしかすると、自分のことを何も覚えていない、真っ白な状態の潮ならば、椿の生まれのことなど何も気にせずにいてくれる、雛《ひな》の刷り込みのように自分を庇護者として近しく思ってくれるという計算が働いたのかもしれない。

しかし潮が記憶を失っているとわかったのは後のことで、潮と視線を合わせた瞬間の本能で感じたものは本物であったのだと、こうなった今は確信している。

潮はすぐに椿を『椿様』と呼ぶようになり、そして周囲に犬と陰口を叩かれるほど献身的に椿に寄り添うようになった。

兄の行雄が夜椿の部屋に忍び込もうとしたときなど、侵入者と思って飛びかかり、漆喰の壁に素手で大穴を空けてしまったほどだ。行雄は酔って部屋を間違えたと言い、這《ほ》う這《ほ》うの体《てい》で逃げて行ったが、うわばみの兄が部屋を間違えるほど酔うはずもない。

それから椿は父に頼んで、かつて母を囲っていたという別棟に部屋を移してもらった。これならば『酔って間違えた』などというわけも使えない。

それは自分の身を守るためでもあったが、潮に兄を傷つけさせないためでもあった。兄のためではなく、潮のためである。いくら椿が庇護しているとはいえ、跡取りの行雄に傷を負わせてしまえばただでは済まない。潮は椿にとってすでになくてはならない存在であるので、そんなことで失うわけにはいかなかった。

ふいに、潮がハッとした表情で顔を上げる。

「椿様。俺がおらんかった間に、何もありゃせんかったか」

「大事ない。安心せえ……兄様も潮がすぐ戻ってくるとわかっとるのに、そねぇな短い時間でどうこうしようなんぞと思いもせんじゃろ」

心配性の潮にくつくつと笑う。潮は彫りの深い顔立ちを子どものようにむっつりとさせ、椿の頬に大きな手の平をそっと当てる。

「俺は、椿様に害なすもんを絶対に許さんけえ。あの男は信用ならん。たとえ母屋におっても、安心なんぞできん。村のもんですら、あいつを獣と言うとる」

「ああ。獣は獣じゃが、知恵はある。地位もある。うまく立ち回らんといかん、厄介な獣じゃ」

椿は潮の手に頬ずりをする。このぬくもりはいつまで側にあるのだろうか。そんなことを考えては、一人で胸の塞がるような思いに憂鬱《ゆううつ》になる。

今もどこかで潮の帰りを待つ者があるに違いないのだ。潮にも母があり、父があり、そしてこれほどの男ぶりなのだからきっと恋人か、妻もいるだろう。

それを、自分は記憶がないのをいいことに繋ぎ止めている。その罪悪感は常に椿の胸の底に澱のように沈んでおり、ふとした揺らぎで舞い上がっては複雑に心を締めつける。それは八年という長い年月が経っても変わらない。反対に年々胸にさざ波の立つことは多くなっている。

「潮。お前は妙な娘に拾われてしもうたのう。記憶が戻らんけえ、ここにおるしかないんじゃろうが……こねぇな面倒な家では、お前も気の休まる暇がなかろう。思い出すもんも思い出せんよなあ」

「そねえな風に思うたことはありゃせん」

力強く潮は否定する。

「俺は椿様に助けていただいた身じゃ。必ず椿様をお守りするんじゃ。記憶は関係ない。俺は、椿様をひと目見たときからそう決めておる」

「潮……」

潮の真っ直ぐな想いは温かく椿の心に染み込んでゆく。

潮の言葉には嘘がない。その凛とした眼差しも、雄大な声も、静かでおおらかな、まるで海のような空気も、何もかも透き通っていて心地よい。

椿は潮の温かで大きな手の平に甘えるようにそっと口づけし、離れた。

「ありがとう。お前の気持ちはようわかった。しゃぁけどな、なんぼ恩があるいうても、潮の人生は潮のもんじゃけぇ。それにのう、もう八年じゃ。十分尽くしてもろうた。記憶が戻ったらすぐにわしに言え。ええな」

椿が身を引いたのを合図にするように、潮は部屋から下がった。

椿にいつ何があっても守れるようにと、潮自身の希望もあり、部屋は隣にしてもらっている。椿のような身分の未婚の娘の側に通常男は置かないものだが、この漁村はそういったことには緩く、更に椿に甘い父であるので、娘の願いとあらばさほど議論もされず認められた。

潮は日々常に椿の近くにいるが、先程のような抱擁は長くはない。椿ももう十八となり、ただ家族のようなかけがえのない存在という以上の気持ちが芽生えているのを、どうにか見ないように、隠すようにと潮には節度を持って接するようになった。

潮が去った後再び月琴を弾く気にもなれず、読みさしの小説を開く。月琴は以前随分と流行したが、日清戦争で敵国の楽器であると人気の波が引いてしまった。しかしこの田舎の小さな島では未だ習いたいという者が多く、椿はこの座敷で生徒を取って教えている。幼い頃から今は亡き祖母に教わっていたのでこの歳にしてすでに師範の腕前であった。

平生椿を貶めていながら、月琴を習いに娘や孫を通わせる者らの気持ちはよくわからない。恐らくは蔑視《べっし》と憧憬《どうけい》の混じり合った複雑な目を向けられているのだろう。

（この島の風は時折腐った魚の臭いがしよる。村のもんは誰もそげぇなことは言わん。きっとわしによそ者の血が入っておるからじゃ）

村民から漂う腐臭に顔色を変えぬようにするのも慣れた。けれど、潮からその臭いはしない。遠い海の匂いがする。この島の近海でない、別の国のような潮風の香りだ。それなのにどこか懐かしい。

読書のさなか女中の呼びかけがあり、椿は何となくだるい体を起こして湯殿《ゆどの》に向かった。

この島で風呂を持つ家は堂元家ただひとつだ。皆島の銭湯に通い、ここで働く女中や潮も銭湯の湯を使っている。家の風呂を使うことができるのは、堂元家の者のみだった。離れの浴室は檜造りで母屋のものよりも少し小さいが、大人二人はゆうに入れるほどの広さである。ここが母を囲うために作られたものだと考えると、父は自分も一緒に入るためにこの大きさのものをこしらえたのだろうかといらぬことを考えそうになる。

いらぬことを考える機会は増えた。椿も年頃である。何かもやもやとしたような鬱屈《うっくつ》を抱え淡くため息をついて、身を清め、ゆっくりと熱い湯船に浸かった。

透明な湯の中に沈む白い脚を見つめる。この日に焼けぬ体質も、おそらく村人たちに異質と思われる原因のひとつなのだろう。

漁村にありながらこの肌の白さは、我ながらいかにも不自然だ。母、おしずもかなり色の白い女であったと聞くので、それを受け継いでしまったのだろう。

(母様は、わしに嫌なもんばかり遺していきよった)

日に日にずっしりと重くなってゆく乳房は、もう随分前から椿の手では包み切れないほどに膨らんでいる。むっちりとした双《ふた》つの丸い果実は、桃色の乳頭をピンと上に向け大きく前に突き出し、蜂のように緊《し》まった腰から下は、乳房と同様に大きく発達した白桃のような尻がみずみずしく実っている。

椿は不必要なほどに成長した肉体を持て余すように、湯船の中で魚のごとく身をくねらせた。椿は少食だ。そのために手足や腰は華奢なほどなのに、どこから栄養を得ているのか、女の部分ばかりが人並み以上に熟してゆく。

発育の年齢も早く、体ばかりが女になり、そのせいで潮を拾う少し前あたりから兄にも狙われ始めた。行雄は女という女を手込めにしてきた漁色家《ぎょしょくか》だ。村中の女に手を付けただけでは飽き足らず、わざわざ岡山へ趣《おもむ》き女を買って豪遊することも多い。そんな男が、椿に目をつけないわけはなかった。

『お前のような体の女はどこにもおらん。お前の母親と同じじゃ。あれのために親父はおかしゅうなったんじゃけぇな』

行雄は椿の十二上の三十歳である。おしずが屋敷にやって来た日のこともよく覚えているという。

『あんときわしは十一になるかならないかくらいじゃったかのう。えろう色の白い、見目のいいおなごが来よったと思うたら、親父がもう別人になってしもうた。まあ毎日飽きもせんと涎の垂れそうな顔でおしずを可愛がってな。わしは夜もこっそり覗いてしもた。親父はまるで犬みてえにおしずの体を舐めて、顔やら股やらを足で踏まれて喜んで、そりゃもうひどいもんじゃった。しゃぁけどなあ、そんな親父を見るのが嫌でも、わしはおしずの体を見るのが楽しみで楽しみでな……声もええんじゃ、あの女は。お前は母親と同じじゃ。声も体つきも、おしずに輪をかけて淫売の匂いがしよる』

行雄は隙を見ては抱きついてきたり押し倒そうとしたり、出し抜けに乳房を摑まれたり尻を揉まれたりしたこともあった。

それまでは必死で反撃して逃げてきた椿だが、潮という頼もしい番犬を得た。一度その怪力を目の当たりにしてからは、行雄も表面的には大人しくなったが、またよからぬことを企んでいるかもしれない。

(男は皆獣じゃ。女と見れば犯そうとする。体つきだけでみだらだなんだと勝手なことを言いよる。男にとって女は欲を吐き出す肉の壺《つぼ》じゃ。子を孕《はら》む壺じゃ。じゃから余計な知恵のある女は嫌われる。壺に知恵はいらんけえ)

けれど、潮だけは椿を貶めない。胸に抱いてやっているときも、椿を襲おうとはしない。未熟だった頃はそれも自然だったが、体が育ち、心も変化する中で、その儀式は次第に椿を苦しめるようになった。

暑い夏など、少しはだけた浴衣の胸に潮を抱いたとき、その頰の熱さに椿の胸は秘かに甘く震えたものだ。

『わしの肌は冷たかろう』

動揺をごまかすように囁くと、潮は黒い目を笑ませて椿を見た。

『ああ、椿様の肌は冷たい。じゃが、内側は燃えとる。真っ赤な炎じゃ』

ようわかっとる、と椿は笑った。

椿の気性の烈しさを炎に例えた潮が愛おしく、切なかった。

村で女太閤だの女王様だのと呼ばれているのは知っている。滅多に笑わないなどとも言われ、お高くとまっているのだと。

実際椿に面と向かって罵倒《ばとう》する者はいないが、陰口を耳にすればその場ですぐに言い返したし、口喧嘩になっても必ず相手をやり込めないと気が済まなかった。学校を飛び抜けていちばんの成績で卒業し、岡山の女学校にでもと教師に提案されたほどで、頭が回り口が立つので椿に議論で勝てる者は少なくともこの島にはいなかった。何も捲し立てるのではない、相手の痛いところをぴしゃりと一言で封じてしまえばよいだけだ。

そのために女の優しさがないだとか女が賢くてもしょうもないなどと言われ、いくら頭がようても体は女郎じゃなどと嗤《わら》われた。

椿は忌み小屋に行かない島唯一の女でもあった。

忌み小屋とは生理になった女が汚れたものとして押し込められる場所で、血が止まるまでは出ることができない。自然とその場所は女たちの情報交換の場となり、親交を深める機会ともなっている。近年ではその風習も消えていっているようだが、この田舎の漁村ではまだその習わしが残っているのだ。

しかし椿はこの離れにいてあまり人に会わないようにするだけで、村にある粗末な忌み小屋には出向かない。そのこともまた、男たちの間だけでなく、女の間でも椿が煙たがられる理由となっているのかもしれなかった。椿だけでなく、堂元家の女たちは大体がそうだったはずだが、やはり椿はよそ者という目で見られているのでそれだけに特別扱いされるのが業腹に思われるのだろう。

誰に何と言われようと何と思われようと構わなかったが、もしも潮にも女王様だと思われているのだとしたら悲しい。村人の思うようなものではないとわかっているが、自分は女王などと呼ばれるほど強くもないのだ。

潮は自分が拾った、自分だけのもの。いつでも椿を第一に考え、椿のためならば人殺しをもしかねない男。逞《たくま》しく、そして美しいその忠実な下僕に熱い感情を抱くようになったのはいつ頃だったか、定かではない。

(お前にになら、わしは何をされてもええのに)

兄のように、襲いかかってきたその顔を平手打ちしたりもしないし、覆いかぶさってきた鼻先に噛みついたりもしない。

潮のためになら、村人たちの言うようにみだらな女になってもいい。兄に乳房を鷲掴《わしづか》みにされた指の感触はおぞましいだけだったが、それが潮であったならあの悪寒は歓びに変わるだろう。しかし、潮は決して椿に無体を働こうとはしない。どこまでも忠実な『犬』そのものなのだ。椿自身がふしぎに思うほど、潮は最初から椿に従順だった。

椿は肩を抱いて何度目かわからぬ淡いため息を落とした。

数多の縁談が来ても椿は一度も首を縦に振らない。椿の美しさを聞きつけ岡山の豪商が嫁に欲しいと言ってきたこともある。よそ者扱いの椿がよそへ嫁に行くことは島民たちには何の問題もなかった。けれど椿は「わしはここを離れたくない」と断った。島の者ではなかなか網元の堂元家に釣り合う家もない。

椿が数多の縁談に頷かない理由は、島への愛着でも何でもない、潮ただ一人のためのものだった。

気を揉む周囲を尻目に、ただひたすら潮を傍らに置き、村の娘たちに月琴を教えて日々を過ごしているのだった。

翌日、椿は女中のおたねを従えて屋敷を出た。

行き先は昨日潮が投げたという辰治の家だ。菓子折りを持って飼い犬の無礼を詫《わ》びに出向いたのである。

「こんにちは。すまんねぇ、突然」

二日酔いになって寝ていたらしい辰治は、網元の娘が突然戸口に現れたので、一気に目が覚めた様子である。しかも菓子折りを差し出して詫びるという状況に唖然としている。

「な……何で、あんたが……」

「潮の主人はわしじゃけぇ、やはりわしが直接謝らにゃおえんと思うてな。それに、辰治さんはこん島に来たばかりでしょう。それで嫌な思いをさせてしもたら、ほんまに申し訳ない思うて」

「い、いや……わしは、昔はここに住んどったんです。養子に出されて、戻って来たちゅう按配《あんばい》で」

「ああ。それなら、尚更わしが謝らんといかんわ。せっかく戻って来てくれたいう人に網元のところにおる人間が無礼を働いたちゅうんはなぁ。しかも辰治さんはうちが連れて来たちゅう話じゃろ。夜海島は今は人が出ていくばっかりじゃけぇ、辰治さんのような人は大事にせにゃおえん。どうかうちの潮のことは堪忍《かんにん》してやってつかぁさい。この通りじゃ」

椿が深々と頭を下げると、辰治はとんでもねぇと慌てて自分も頭を下げ、上《あ》がり框《かまち》に額を擦り付けた。

そして怖々と顔を上げ、初めて間近に見る椿に魂を抜かれたようにぽうっとしている。

「それにしても、椿様はお綺麗におなりんさったな……それに立派になりんさった。わしがここにおった時分、椿様は二つくらいじゃったけぇ」

「あら、ふふふ。そりゃぁその頃に比べりゃぁ大人にも見えますなぁ。わしももう十八じゃけぇ」

「いや、しかし並の十八のお嬢さんがこうしてわざわざ奉公人のことで詫びに来るとは思えんし……」

「わしは『並』じゃぁないけんなぁ。皆も何や言うとるみたいじゃけど」

辰治はサッと顔を赤くした。

昨夜潮が怒った原因のことを思い出したのだろう。

「うちの潮が、何を聞いたか逆上してしもて、ほんまに迷惑をかけたなぁ。どうぞ忘れてやってつかぁさいね。これからもよろしゅう頼みます」

椿は再び頭を下げ、にこやかに辰治の家を出た。

おたねは屋敷への帰り道、ほとほと感心したように椿を称賛する。

「椿様、ほんまに偉いですわ。わざわざこねぇなことする必要もないでしょうに」

「小さな種がな、よう育って大きい花を咲かすこともあるんよ。潮が何かしでかしたら、それはまっすぐに堂元家に返って来るけん。潮が悪うない場合でもな」

「しゃぁけど、わしならあんな荒々しい漁師の家に、しかも昨夜喧嘩したっちゅう男のところへ言ってあねぇに堂々と詫びを入れるだなんて、できやしません。椿様は本当にすごいお人じゃ」

こんなことには慣れていた。昔はもっと無鉄砲だった潮の後始末は即座に片付けてきたし、潮がやって来る前は山とあった兄の不祥事のことがある。

行雄の漁色は異常と呼べる域にあり、誰彼構わず手を出して、あるときなど同じ家の三姉妹すべてを食い散らかしたことがあった。または祝言を直前に控えた花嫁や、夫を亡くしたばかりで悲しみにくれる寡婦など、行雄は相手の事情も考えず女と見れば襲いかかってしまう。

そうすると、いかに性に奔放《ほんぽう》な風習のある土地とはいえ、親族はカンカンになって怒り屋敷に乗り込んでくる。皆最低限のことはわきまえているはずだが、行雄にはそれもない。夜這いでも拒まれれば二度とその家には行かないのが決まり事だが、行雄はどんなに抵抗されても必ず思いを遂げてしまうのだ。

父の錦蔵が臥せって動けないときには、怒鳴り込んできた輩などに、まだ幼い椿がよく代わりに対応した。小さな娘がやって来て頭を垂れるなどしたら、相手はそれ以上怒れない。椿はそれを知っていた。

そしてこうして直接詫びに出向くときには、伴《とも》の者は必ず女中にする。男を連れてゆくと威圧感があり、こちらが警戒しているということを示すようなものだ。小さな村なのでそうそう網元の娘に無体は働けぬとよく知っている椿には、そんな安全策はいらなかった。女だけで向かい、まったくの無防備であることを強調するのである。

そんなことを続けていたら、あれは歳にも性別にも不似合いだ、賢過ぎる、肝が据わり過ぎている、女太閤などと呼ばれ始め、男は前面に出ていく女を嫌うのだと知った。かといって情けなく不品行な家の男どもにはまったく頼れぬ。何と言われても自分と自分に属するもの、自分が属するものの後始末は自らつけるという意識も育まれていった。

そうして自然な流れで、家の者の心理的に、堂元家を背負って立つ者は椿様という認識になり、誰も彼も、大事なことは椿に相談するようになった。

次期当主の行雄はそんなことも面白くないのだろう。しょっちゅう椿に手を出そうとし、雄であることの優位性を体で示そうとするのであった。

いつもの生臭い風が吹く。辰治の家は浜に近く、帰り道に見てみると随分と静かだ。

先月は老練の海女《あま》、中年の海女、若い海女とが入り乱れ、幾度も海に潜って冷えた体を焚き火の側で暖めたりして話に花を咲かせていた。

夏は海女の季節だ。稼ぎ時とばかりに多くの女が海に潜って鮑《あわび》やサザエを獲る。暑い時期でなくとも浅瀬で海藻や貝類などを獲っている者がいるはずだが、今日は誰もいなかった。

「何で誰もおらんのじゃろうなぁ。随分寂しいこと」

そう口にすると、おたねは「知らんのですか」と顔を曇らせる。

「先に何や妙な白い影が浜辺をさまよってどこぞに消えるんを見た者がおるんです。それで近頃、皆怖がって浜におらんのです」

「……白い影？　幽霊ちゅうことか」

「さあ……何しろ皆得体の知れんもんは凶兆じゃと怖がりますけぇ、神社に行ったり、ある者はおトヨさんとこ行って拝んでもらっとるそうですよ」

「ああ、蛇婆さんか……」

通称蛇婆と呼ばれるおトヨは特別な力があるらしいが、随分と前にボケてしまった。椿にも通り過ぎる度『蛇様』と呼んで拝んでくる。そんな老婆のもとへ行っても何か効果があるのかは疑問だ。

「こねぇなことを言うのも何ですけど、さっきの男も原因のひとつじゃねぇかちゅう者もおりますよ」

「さっきの……？　辰治か。何故じゃ」

「あの男、昔はここに住んどったらしいですが、ずっと他の島で暮らしとったよそ者でしょう。あと、小学校に来た新しい教師。よそから人間が二人も来て、盆にやって来て帰りそびれたご先祖様が怯えとるんじゃねんかちゅう噂です」

「……またやちもねぇことを」

　こういった田舎は何かというと悪いことをよそ者のせいにする。変化を嫌い、因習にしがみつく。

　椿はそういうものが昔から嫌いだった。こういう白い影だの何だのという妙な噂もしょっちゅうだ。皆怖がりで信心深い。必ず何かが神様のお怒りに触れたんじゃだの祟《たた》りじゃだの、通常の自然現象でも何らかのものに原因を作らねば気が済まない。椿はそれを嫌というほど知っている。

「白い影が見えたちゅうんはどの辺りじゃ」

「つ、椿様、行かれるんですか。よした方がええかと……」

「いや、ちと見てみるだけじゃ。安心せぇ、わしはそういうもんに滅法強いけん」

　半分はったりだが半分は本当だ。強いというよりも、何の影響も受けない。それは椿が村人たちが恐れ慄《おのの》く祟りだなんだというものを少しも信じていないからだ。

おたねが「あちらです」と言って椿を導く。神社のある高台をぐるりと回り込むようにして浜が広がり、その辺りで白い影は漂っていたのだという。

「見たんは、昼間か」

「いえ、辺りが暗うなりかけた時分じゃいう話でしたけど」

「ふん……光の加減かのう……誰が見たんじゃ」

「若い娘で……潜った後えろう疲れて火に当たっとったら、向こうにゆらゆら揺れとったと言うてました」

深く潜ることを何度も繰り返せばひどく疲弊し、水圧に頭が圧迫され、浜に上がった後ひどい目眩《めまい》や嘔吐《おうと》をすることもある。普通のものも普通に見えなくなる。火があったのなら煙などで景色がよく見えなくなることもあるだろう。

「その娘は大事ないか」

「ええ、じゃけど、昨日身ごもっとることがわかったみてぇで。あねぇなもんを見た後に孕んだことがわかったたちゅうんがきょうてぇと言って泣いとりました」

「女は身ごもると色々心も体も変わるけんな。そういう不安定な状態でありもせんもんが見えたんと違うか」

さあ、とおたねは首を傾げる。初めはこの浜を怖がっていたのに、椿が平然としているので、次第に自分も平気になった様子だ。

椿は久方ぶりに砂浜を歩き、懐かしい心地になった。海は嫌いと言って決して近づかない。けれど、海そのものが嫌いなわけではなかった。

この辺りの子どもなら誰でもするように、海の底の石や貝などを取る遊びをするために潜ったとき——椿は、あることに気づいてしまったのだ。それは白い影などよりも、よほど恐ろしいことだった。そして、椿は二度と海に入らなくなった。

おたねと共に屋敷に戻ると、馴染みの行商人がやって来ていて、玄関先に広げた品物に女中たちが群がっている最中だった。色とりどりの浴衣や羽織、帯、帯留め、簪《かんざし》や手提げ鞄、扇子など、女の喜びそうなものばかりがずらりと並べられている。

定期的にやってくる行商人の訪《おとな》いを心待ちにしていたのか、おたねは飛び上がって「あっ、出遅れたわ」と悲しげな声を上げる。

「おたね、遅いわ。もうほとんど買い手がついとるよ。でもあんたの欲しそうなもんは買《こ》うておいたで」

「ほんま？　あ、ちょっと、椿様のお帰りじゃ！」

品物選びに夢中になっていた女中たちはハッとして、慌ててお帰りなさいませと頭を下げる。椿はその光景に思わず笑った。

「ええよ、ええよ。わしはこれから稽古《けいこ》があるけぇ、皆は好きに買い物しんさい」

この小さな田舎の島では洒落た装飾品もないので、皆は祭りで本州に渡るときやこういった行商をひどく楽しみにしているのだ。

椿はあまり物欲がない。というのも、まだ元気だった頃の父がいらんというのにあふれるほどに物を与え、行雄も父に似たのか椿に様々なものを買い与えるため、自身で何かを求めるということがほとんどなくなってしまった。

それでも綺麗なものを眺めるのは好きなので、床いっぱいに広げられたキラキラと輝く小物類を眺めて、娘らしいときめきを覚えた。

離れで月琴を村の娘たちに教えた後、椿はいつものように潮の訪いを待った。潮は椿の稽古が終わり夕餉《ゆうげ》の前までのひとときを共に過ごす。待ちながら茶を飲みひと息ついていると、常より少し遅れて潮がやって来た。

「今日はどうしとった。畑仕事か」

「ああ。秋茄子《なす》が美味そうに実っとる。芋《いも》も大量に収穫した」

「女たちはちゃんと仕事しよったか。今日は行商人が来ておったけぇ、皆はしゃいじゃったわ」

あの華やいだ空気を思い出し、頬が緩む。自分も女友達でもいたならば、ああして品物を見て一緒にはしゃぐなどできたのだろうか。しかし、今更何か欲しいとも思わぬ心に、我ながら虚しさを感じて寂しくなる。きっと同年代の友人がいても、同じような気持ちは共有できないのだろう。

「そうなんじゃ。俺も見た。女達がわっと集まっとったからな、何じゃと思うて覗いてみたんじゃ」

「お前が？　お前が見てもしょうもないじゃろう。ありゃぁ女物ばかりじゃったけぇ。男物はまた別の行商人が持って来るじゃろ」

「いや、それがな、あんまり綺麗なもんがあったんで、思わず買うてしもうたんじゃ」

そう言って、潮は懐から何かを取り出した。そして椿の目の前に手の平を突き出す。鍬《くわ》を握って少し肉刺《まめ》のできた大きな手の上で、大事そうに白い手巾にちんまりと何かが包まれている。それを開くと、そこには瑠璃《るり》色の石の嵌った帯留めがあった。

椿はその美しい青に目を見開いた。

「綺麗な色じゃのう……」

「じゃろ？　俺も一目惚れしてもうてな、これは何じゃと聞いたんじゃ。そしたら多分鮑なんじゃて。女どもが仰山獲ってくる鮑じゃ。しゃぁけど、こねぇに真っ青なもんは珍しいて帯留めに加工したんじゃて」

「へえ……確かに珍しいなぁ。見ただけじゃぁどこの宝石かと思うてしまうわ」

角度を変えれば虹色の光を放ち、鮑と言われればなるほどそうかもしれないが、こんなにも深い見事な瑠璃色はそうそう見ない。

「女どもは鮑と聞いてすぐに興味を失いよった。何じゃ、鮑かぁ、そげぇなもん腐るほど見とるわぁちゅうてな。それで、俺以外誰も欲しがらんかった」

「ほう、そうじゃったんか。こねぇに綺麗なもん、他の簪やら櫛やらにはなかったと思うけんども」

「俺もふしぎじゃ。女っちゅうんは、たとえば真珠やら珊瑚《さんご》やら、金剛石やら翠玉やらと名前がつけばありがたがるが、身の回りにあるもんはどねぇに美しゅうてもどうでもええんかなぁ」

「わしは好きじゃ。綺麗なもんは綺麗じゃもん。この色は海みてぇじゃねんか。綺麗な綺麗な海の青を閉じ込めた色じゃ。こねぇなもん、宝石でも見たことねぇ」

「これ、好きか？　椿様。綺麗じゃと思うか」

もちろんじゃ、と頷き、椿ははたとようやく気づいた。

椿の答えを聞いた潮の顔は、喜びに太陽のように輝いている。

「ほんまか！　えかったわ。他の女みてぇに、何じゃ鮑かと言われてしまうかと思うた」

「潮……まさか、これをわしに？」

「そうじゃ。当たり前じゃねんか。俺が帯留めなんぞ椿様以外のために買うかよ」

椿はあまりのことに言葉を失った。

潮は椿の意向で堂元家に住み込みで働かせている。他の住み込みの奉公人と同じく、給金も払っている。給金以上の働きをしているのだから当然だ。

しかし、まさかその金で、自分のためのものを買うなどとは思っていなかった。もしも記憶が戻った暁には、働いて貯めた金で家族のもとへ帰れよと言い聞かせていたのだ。

「嫌か？　椿様」

啞然としている椿を、潮が不安げな顔で覗き込む。

「やはり、鮑なんぞ……」

「い、いや、違う。驚いてしまうただけじゃ。まさか、お前からこねぇなもんを貰うとは……」

「椿様はいつも俺に着物をくれたり菓子やら何やら、色んなものをくれたりするじゃねんか。俺は嬉しかった。じゃけぇ、俺もずっと椿様に何か贈りてぇ、椿様に喜んでもらいてぇと思うとったけんど、何をすればええんかまったくわからんかった。じゃけど、この

帯留めを見てな、これじゃと思うた。椿様の色じゃと。もしも椿様がいらんと言うたら、俺はこれを椿様じゃと思うて部屋に飾っておこうと思うとった」

帯留めを自分と思われて飾られるのは複雑だが、潮が綺麗だと思ったものと、自分が綺麗だと思ったものが同じだと知って、椿は天にも昇る心地になった。しかも、その綺麗なものを潮は椿だと思い、椿のために買ったとまで言ってくれたのだ。

「潮……ほんまにええんか。そねぇにお前が気に入っとるんじゃったら……」

「何を言うとる。これは椿様のために買うたと言うたじゃろ。椿様が身につけてくれるんがいちばん嬉しい」

「そうか……。ありがとう。ほんまに、ありがとうな」

喜びで頬が紅潮し、思わず涙が込み上げそうになるのを必死でこらえる。

これが普通の男であるならば、女太閤とまで呼ばれている自分に鮑の帯留めは贈らないだろう。どうせもっと高価なものをたくさん持っていると思うだろうし、実際にそうだ。それよりももっと価値のある宝石を贈らなければ馬鹿にされるだとか、色々と考えて躊躇《ちゅうちょ》してしまうに違いない。それに、他の女中も見ていて見下されたのだから、普通ならば誇りが邪魔してそんなものを手に取ることはできないだろう。

けれど、潮は違った。これが潮の元々の性格なのか、それとも記憶を失ってそういったものが抜け落ちてしまったのかはわからない。しかし、潮は余計なことは考えなかった。そういう男だった。正直で、嘘をつかない。自分が綺麗だと思ったから買った。椿に似合う、椿の色だと思って買ったのだ。

それはどんなに贅沢な品物よりもずっと真っ直ぐに、すんなりと椿の胸に染み込み、優しく温かな喜びで包んでくれた。

潮は帯留めを手にした椿を見て白い歯を見せて笑っている。子どものように無邪気な笑顔だった。その表情に、椿の胸はぎゅっと絞られるように切なくなった。

（ああ……潮……嬉しい。わしは、嬉しいぞ）

椿は胸の内で叫ぶ。

潮が綺麗だと思ってくれるのなら、鮑でも、そこらの石でも、何でもいい。

いつでも、この鬱屈とした日々に光を与えてくれるのは、潮なのだった。

堂元家

「椿様。旦那様が……」

「ああ。わかっとる」

風呂から上がると、女中が下を向いたまま椿を呼びに来る。

椿は淡々と浴衣を着て、母屋へ続く渡り廊下を歩き、父の寝ている奥座敷へと向かう。

座敷の外から「おしず、おしず」という弱々しいうわ言が聞こえてくる。

「失礼します、椿です」

と声をかけると、中にいる女中が静かに襖を開け、椿に会釈《えしゃく》をして迎え入れる。

病人の体に障るという理由で行灯の火はたったひとつの薄暗い座敷である。すでに室内は死臭に似た気配が漂っている。腐敗しているのではない、死期の近い人間が放つ黄泉の国に近い瘴気《しょうき》だ。

「おぉ……おしず……戻ってきてくれたか、おしずぅ」

意識も朦朧《もうろう》とし、相手が誰だか判別が怪しくなっている錦蔵は、椿を見ていなくなった愛妾だと勘違いして歓喜の涙を流す。

もはや訂正する気もない椿は黙って父の傍らに座っている。元々日に焼け黒かった錦蔵の顔色は病で青みを帯びた褐色になり、落ち窪んだ目の淵は黒ずんでまるで幽鬼のような顔貌だ。

「おしず、後生じゃ……はよう、はよう、わしを踏んでくれ……わしの頭を、顔を、お前の可愛い足で……」

椿は黙ったまま立ち上がり、父の顔を足で踏みつける。足の裏に乾いた皮膚の感触があり、その下のぐにゃりとした肉と硬い頭蓋骨《ずがいこつ》の抵抗力を感じ、椿はおぞましさに震え上がり、湯上がりの肌に冷水をかけられたように鳥肌を立たせる。

すると苦しげに喘《あえ》いでいた錦蔵はすうっと安らかな顔になり、うっとりとして瞑目した。

「おぉ……おぉ……お前の足は素晴らしい……ええ気分じゃ……極楽におるようじゃ……あぁ……」

錦蔵はしばらく恍惚《こうこつ》として妾の名を呼んでいたが、やがて静かになり、穏やかな寝息を立て始めた。

椿は傍らの女中に視線を向ける。女中は黙って頷き、椿はそっと足を退けた。

病状が重くなり、人の判別がつかなくなってからというもの、錦蔵はこれまで以上にしきりにおしずを恋しがるようになり、そして椿に頭を踏ませねば眠れないようになってしまった。ときには椿の足の指をしゃぶったり、それで病が重いにもかかわらず股間を布団の下で勃然とさせていることもある。

椿はこの習慣をひどく嫌悪していたが、放っておくと血圧が上がり危篤《きとく》状態となってしまうので仕方がない。何より、正気を失っているとはいえ、家長の命令は絶対である。そうして、いやいやながらも行方不明の母の代わりとなり、毎晩健気に父の顔を踏んでやっている。

寝入った父を起こさないよう、足音を忍ばせ座敷を出る。すると突然目の前にいた誰かに抱きすくめられ、危うく大声を上げそうになった。

「おう。今夜もお役目ご苦労様じゃのう」

「兄様……」

兄の行雄である。

よく酒を飲みよく食べ、潮ほどではないが上背もあるので五尺一寸ほどの椿はすっぽりと腕に収められてしまうほどの巨漢だ。錦蔵によく似た波に荒く削られた岩礁《がんしょう》のような顔立ちだが、潮のように美しく整った彫りの深さとは違い、猿のような粗野な獣を思わせる。

痩《や》せこけた父と肥えた兄とではもう顔つきもだいぶ違って見えるが、おしず、おしずと熱に潤《うる》んだ目でこちらに手を伸ばす父と、汚らわしい目つきで舐めるように見つめてくる兄に、妙な血の繋がりを感じる。

「おっほ。お前、また乳が大きゅうなったのう。どこまで育つんじゃ。毎晩あの犬に揉んでもろうとるんじゃろ。女のええ匂いさせよって……たまらんなあ」

「放して」

騒ぎ立ててせっかく眠った父を起こすわけにはいかない。押し殺した声で抗議をするが、行雄はなかなかその丸太のように太い脂ぎった腕の力を緩めようとはしない。

それどころかぐいぐいと締め付け、押しつぶされて迫り上がり、今にも浴衣からこぼれそうな椿の乳房の感触を楽しんでいる。

「親父もいよいよおえんか。この世の未練でいちばん強いのはおしずじゃな。おしずに踏んでもろてたんが恋しゅうなったんじゃ。わしのおっ母のことなんぞ、露ほども思い出しゃせんのじゃろうなあ」

「声が大きいわ……放して、兄様」

小さく抗議し、必死で身じろぎをするが行雄はお構いなしだ。次第に呼吸が荒くなり男の生臭い臭いをむっと漂わせる兄に椿は悲鳴を上げそうになった。

そのとき、音もなく近寄ってきた大きな影が二人を覆う。行雄は弾かれたように椿を手放した。

椿は相手を確認するまでもなくそれが誰かわかっていたので、うさぎのようにその胸に飛び込む。

潮は燃えるような目で行雄を見た。行雄は薄ら笑いを浮かべつつ肩をすくめ、「わしをそげぇな目で見られんのは、お前くらいのもんじゃで、潮」と低く唸り、転げるように逃げて行った。

「大事ないか、椿様」

「ああ……何もありゃせん。大丈夫じゃ」

椿はすぐに持ち前の気丈さを取り戻し、潮に連れられて離れへと戻った。

父へのお役目を終えた後はいつも一度入った風呂に戻り、父を踏みつけた足を念入りに洗う。そうしなければ父の妄執が足に絡みつき取れないような気がするのだ。

潮は今夜は風呂場の外で待ってくれていて、部屋までついてきてくれた。そのまま自分の部屋に引き下がろうとするのを、思わず袖を引いて捕らえる。

「もう少し……潮」

潮は椿の顔色にその意図を察知し、部屋の中へ共に入った。

そして襖を閉め、行灯に火を灯す前の薄暗い部屋の中、椿に請われるままに強く抱き締める。

「もっと……もっとじゃ、潮……」

「しゃぁけど……椿様、痛うないか。苦しゅうないか」

「平気じゃ。もっと、もっと」

ぎゅっと逞しい腕に締め付けられ、熱い胸に押しつぶされるようになりながら、椿は先程の兄のおぞましい感触を上書きしようとしていた。

兄の酒と煙草の混じった悪臭ではない、潮の温かな若者の汗と、海の匂い。兄の奇妙に冷えた体温でない、潮の熱い体温。兄の脂肪の柔らかさでない、潮の硬くみずみずしい筋肉の感触。

呼吸が苦しくなるほどに抱き潰してもらいながら、椿は潮の下腹部が僅かに硬く盛り上がるのを感じた。潮の体臭が濃くなる。夏草のように青いむせ返るような香りだ。

その瞬間に目眩がするほどの甘くるおしい激情に呑み込まれ、腿《もも》の間を生温かなほとばしりが伝うのを覚えた。椿は理性を手放し、感情に没頭した。

「潮……」

仰《あお》のいて囁くと、潮の熱い唇に塞がれる。椿は夢を見ているかのように恍惚として、全身が火になってしまったように熱く蕩《とろ》けそうになった。

潮の吐息がこんなにも近い。あの形のよい唇が押し付けられている。体を抱き締める腕は一層熱く、潮の体臭に包まれ、椿は前後不覚となって、海月《くらげ》のように男の腕の中でただ柔らかくすべてを受け入れる従順な生き物となった。

あっ、と声を上げ、潮は椿から離れる。

夢の世界が終わった。暗がりに浮かぶ信じられないことをしてしまったという表情に、椿の幸福に浮かれていた胸は悲しく冷えた。

謝ろうとする潮の声を遮るように、椿はかぶりを振る。

「潮。謝るな。わしが望んだ。お前は悪うない」

「椿様……」

すみません、と低く呟き、頭を下げ、潮は逃げるように部屋を出て行った。

椿は一人部屋に佇み、潮の触れた唇に指をやる。

初めての出来事だった。八年間一緒にいて、一度もこんなことはしたことがなかったのに。接吻《せっぷん》とは、こんなにも自我を失いかけてしまうようなものなのか。

（もっとしたい）

強くそう思った。もっと長い間潮に抱き締めていて欲しい。もっと深く接吻して欲しい。

もっともっと、触れて欲しい。

「何じゃ、これは……」

はたと気づけば、太腿の間がべったりと濡れている。まさか粗相《そそう》でもしたかと思ったが、妙に甘酸っぱい香りが漂っており何を漏らしたかわからない。

仕方なく、椿はもう一度風呂場へ向かった。つい先程まであった兄への悪寒は、どこかへ消えて綺麗になくなっていた。

＊＊＊

昨夜からずっと後悔と憤りの間を行ったり来たりしている。

なぜあんなことをしでかしてしまったのか。椿は謝るなと言ったが、潮は自分で自分が許せない。長く己に禁じてきていたことを、どうしてああも一瞬の衝動で容易く破ってしまったのか。自分の軽率さ、堪え性のなさに失望している。

しかし結局は怒りの炎が強く、潮は己の罪悪感をもその中に埋没させ、火の勢いはなかなか治まらなかった。

潮は寡黙な男である。だが頭の中で難しいことを考えているかといえばそうではない。

ただ、言葉にする必要性を感じないのだ。潮が何かを伝えたいと思う相手は、女主人ただ一人である。

(あの獣め……実の妹になんちゅう恐ろしいことをしよる……椿様は父親に妙なことまでさせられて、あねぇに綺麗で賢い人が、ほんまに気の毒で、苦しゅうてならん)

椿の兄の行雄の蛮行はもうずっと続いている。潮がこの屋敷に来たときからすでにあった。あの頃、まだ椿は十歳ほどだったというのに、少し成長して体つきが女らしくなってきたというだけで、あの獣は手を伸ばしたのである。

それに、先日の漁師たちの暴言である。

(あねぇに気高いお人は、まずおらんというに……なぜあいつらには椿様の尊さがわからんのじゃ。淫売とは対極にあるお人じゃ)

ずっと前からのこととはいえ、村の男たちが下衆な口ぶりで椿のことを語り、根も葉もないただの妄想で嘲笑しているのが我慢ならなかった。男たちは椿への憧れと決して手に入らぬ悔しさと、それに加えて椿の母親への侮蔑で屈折した思いを言葉にして言い合っているのだろうが、許されることではない。それよりも救えないのはあのおぞましい行雄だが、こちらの方が対策がよほど難しい。

(あん男は、もうどうしようもない。何であげぇな獣が同じ家の中におる。少しの油断もできん。俺が椿様をお守りせねば……）

浜で意識を失っていた潮が目を開けて最初に見たのが椿である。まだあどけない少女でありながら、その気品、凛とした美しさは潮の靄がかかったようだった視界を一瞬で鮮やかに蘇らせた。

冗談ではなく、本気で今自分のいる場所が極楽浄土なのではないかと思ったほどだ。眩いほどに美しい椿は、半死半生の淵から戻った潮の目に天女のように見えたのである。

意識を回復した潮は、それまでのことを一切覚えていなかった。ただ脚にひどく違和感があり、しばらく寝たきりだったためか最初は歩くのも難儀した。それを訴えると医者は脊髄《せきずい》の損傷を疑ったが、そこに深刻な外傷はなく、やがて普通に歩けるようになった。

しかし、頭の方は治らない。記憶の断片すら浮かんでこない。医者によれば頭に打撃を受けた痕があり、それが原因で一時的に記憶を失っているのだろうということだった。だが外科手術を要するほどのものでもなく、単純に打ちどころが悪かったのだろうという曖昧な話だ。

潮はそれから椿の許しに甘えて堂元家に滞在しながら頭が戻るのを待っているが、八年経った今でもその兆しはない。

その内に、この屋敷から、椿から離れられなくなった。彼女自身の魅力に心酔していることもあるが、椿は村一番の分限の娘でありながら村人たちに煙たがられ、そして家の中には妹を手込めにしようとするおぞましい兄がいるのだ。

(椿様には、あの獣から守ってくれるもんなど誰もおらん。俺がやらねば。俺の命を救ってくれた椿様を、今度は俺が守るんじゃ)

その決意はどこからともなく湧いてきて、潮はひたすら椿に仕える従僕となっている。自分のような正体不明の男が側にいることによって、ますます椿がいらぬ噂をされているのもわかっているが、それでも潮は椿を守りたかった。自分でもよくわからぬが、身の内から湧きいでるこの忠誠心は恐らく椿の持つ自然と人を従えてしまうような高貴な気配のためではないかと思っている。

自分が何者かわからぬのは不安だ。けれど、椿を守るのに記憶は必要ない。待てど暮らせど戻ってこないものを焦って摑もうとするよりも、今を生きて自分の使命をまっとうすることの方が潮にとってはずっと大事だった。

ただ何もせず置いてもらうというのも落ち着かず、体が回復して初めは漁を手伝おうかと思ったが、どうも海で死にかけたためか浜へ近づくことすら恐ろしい。仕方なく力仕事や使い走りなどで家の雑用をこなしたり、田畑を耕し、野菜や夏蜜柑などを育てている。今では畑仕事が日課であり、その他の時間は椿に従い、女主人を守ることに意識を向けている。

昨夜の憤りを抱えたまま、潮は今日も畑仕事に勤しんだ。離れからは椿が月琴を教えている音が聴こえてくる。

潮は椿の奏でる音楽が好きだった。音階も楽譜も何もわからぬが、あの美しい音は潮の胸に深く響き、烈火の如く燃えていた怒りも次第に落ち着いてゆくのを感じた。

晴天の下流れる汗を拭っていると、「昼餉《ひるげ》じゃ」と声がかかる。

麦飯と沢庵《たくあん》、それに炙《あぶ》った鯵《あじ》の干物。汗を流した後は塩辛いものが殊更に美味い。

「今日も精が出るのう。潮がおると大助かりじゃ」

共に働く堂元家の者たちは潮に好意的だ。あまり喋らないので余計なことを言わずに黙々と働くところが評価されているらしい。

昼餉を食べ終え茶を飲み、用を足しに行った帰り、新しく入った若い娘に声をかけられた。確かおちよと呼ばれている。やや太り肉《じし》でどんぐりのような目が印象的だ。

「なぁ、あんた。潮さんじゃな」

おちよは好奇心にあふれる眼差しで潮を見上げている。潮は無言のまま頷いた。

「あんた、椿様の男なんじゃて？」

「違う」

無邪気な問いかけに、悪意はないとわかっていても語気が強くなるのを抑えられない。

潮が感情を垣間見せたのが嬉しかったのか、おちよはえくぼを作って笑っている。

「怒らんといてよ。わしは噂でそう聞いただけじゃけぇ。ほんじゃ、他にええ人がおるの？」

首を横に振る。いい人とは恋人のことだろうが、潮にそんな相手はいないし欲しいと思ったこともない。

「誰でもあんたらがええ仲じゃ思うてしまうで。こないだも、椿様はわざわざあんたの喧嘩の詫びに相手の漁師の家へ出向いたそうじゃねんか。女の身でそねぇなことができるんは、惚れた男のためじゃと思うけどなぁ」

潮は黙り込む。椿が昔からそうして筋を通す気性だと知っているので、自分のためばかりではないことも理解している。しかし、わかってはいてもそれが自分のせいとなれば苦々しい心地になる。

本当はあんな男になど頭を下げて欲しくはなかった。もっとひどい目にあわせてもいいくらいだったのだ。

けれど、椿は媚《こ》びを売るために詫びに行っているのではない。堂元家のためにやっている。網元として荒くれ者揃いの漁師たちに睨みをきかせるために、あの家には敵わないと認識させるためにやっている。そうでなければ漁師は離れてゆく。船や網を貸すのは網元だが、働いてくれる漁師がいなければ元も子もない。

椿は幼い頃からそういった行いをするのに少しも躊躇がなかった。潮が暴れて何か壊せば詫びに行き金を払い、怪我をさせれば治療費も出した。それを知って潮も滅多なことはしなくなった。

行雄など跡取りだというのにそんなことはしない。どんなに迷惑をかけても謝罪の言葉ひとつなく、それを代わりにやってきたのがいくつも歳の離れた椿なのだ。

そんな椿を立派だと褒めこそすれ、どうして批難されてしまうのか、潮にはわからない。女はでしゃばるなというのだろうか。それならば誰が堂元家の体面を保つのか。男たちがもっとしっかりしていれば椿とて自ら前に出ていくことはないのだ。すでにそれが習慣になっているので、潮のことでも、潮の知らない内に椿は筋を通しに行く。

(ほんまは皆わかっとる。椿様に口では言わんが感服しとる。口にはできんのじゃ。椿様を認めては、馬鹿にされるけぇ……けど、誰もが認めとるんじゃ)

もしも椿が男で、母も氏素性の知れた女であれば、皆表立って行雄よりも椿を持ち上げ、称賛しただろう。けれどそれはできない。潮は人々の意気地のなさを嘆きたい心持ちだ。

あの鮑の帯留めのように、もしもあれが鮑でなく宝石の名を説明されていれば、女達はこぞって手を伸ばしたに違いない。皆ものでなく名を見る。そしてどんなに美しいものを眨めているのか気づきもしない。

「なあ、わしはどうじゃ。あんた、そねぇにええ男ぶりなのにもったいないわ」

おちよは突然誘いをかけてきた。しかし、潮は実のところこういった言葉をかけられるのには慣れている。

「あんた、椿様のためを思うんなら、所帯を持つのがいちばんじゃで。所帯までいかんでも、恋人でも何でも作った方が妙な噂もなくなるっちゅうもんじゃ」

おちよの言うことも一理あるのかもしれない。潮は自分の正確な年齢もわからぬが、二十代後半あたりだろうか。それがずっと独り身で、女とも関係せず、ひたすら女主人の側にいるのだから、それは妙な噂も立つ。

しかし、潮にそんな時間はなかった。義理で屋敷のために働く他は、潮の体は常に椿のためにあった。恋人のための時間などない。

「悪いが……」

潮は言葉少なに首を横に振った。おちよは大して落胆もせず、「まあ気が向いたら声かけてや」と軽く言って去って行く。

潮とて女が嫌いなわけではない。性欲も人並みにある。恐らくは、人並み以上に。

しかし、特定の誰かを作ることはできない。一度や二度の関係もここでは普通なのだろうが、それもする気になれない。

主である椿がそういったものを嫌うからだ。村の緩い性事情もそうだが、何より女と見れば見境なく襲いかかる兄を近くに見て、軽率な肉体関係というものを嫌悪している。自分の母親が淫売などと呼ばれていることもあるだろう。椿は常に清潔で、姿勢正しく、色事などからは最も遠い存在であるのだった。

けれど、年頃になった椿からは女の香りが立ち上り始めた。潮はそれに気づかないふりをするのに、ひどく難儀する。いつも潮を鎮めてくれる椿の抱擁も、いつからか体が反応しないようにするのに精一杯で、正直辛いと思うことの方が多い。しかし、そんなことを椿に打ち明けるわけにもいかなかった。

それなのに、昨夜は——。

思い出してしまいそうになるのを、頭を振って必死で追い払う。

(椿様は、綺麗じゃ。誰よりも綺麗で、何もかも清らかで……男を毛嫌いしておるのに、俺だけは信頼して側に置いてくださる。抱き締めてくれもする)

その椿の心を、裏切ることはできない。普段は冷たく整ったその顔を、潮の前でだけ柔らかく微笑ませてくれるあのひとときを失いたくはない。

仕事を終え、汗に塗れた体を井戸水で流し清めてから、下ろしたての白練《しろねり》の単《ひとえ》を着ていつも通り、稽古を終えた椿の部屋の襖の外に控えていた。

「入っておいで」

椿は潮が何も告げずとも、潮がそこにいるのを理解している。耳がよく、足音だけで潮の訪れを察知するのだ。

「失礼します」

椿に従い、潮は襖を開けて中へ入る。椿の部屋は、彼女の匂いに満ちている。仄かに甘い、未だ熟しきらぬ果実の香りだ。体がうずうずとしそうになるのを意識の下に押し込め、潮は椿の前に正座した。

曙《あけぼの》色の銘仙《めいせん》を着た椿が端然と座っているのは、ハッとするほど美しい。それに、帯につけているのは、潮が贈った瑠璃色の帯留めである。

やはりよく似合う。あの美しい青は椿のための色だ。

喜びに胸を高鳴らせる潮をしみじみと眺め、椿は花のほころぶように微笑んだ。

「それ、よう似合うとるわ」

「ありがとうございます」

「潮は背丈がえろう高いけえ大変じゃ。最初に着せたお古は全然丈が足りんで、足も腕もつんつるてんでほんま笑うたよなあ」

潮は背が高く体格もよ過ぎるため、新たに仕立ててもらわねば着物も満足に着られない。丈が足りずとも構わないと最初は断っていたが、椿は自分の側にいる者にみっともない格好はさせられないと、よくこうして新しい着物を作ってくれる。

「潮はきっと洋装の方が似合うじゃろ。この島じゃ滅多に着とるもんはおらんけえ、ますます目立ってしもてお前は嫌かもしれんが」

「洋装は……椿様の方がお似合いじゃ。俺はどうも、脚が分かれているあの筒が変じゃと思うてしもて」

潮の答えに椿はころころと笑う。

「ははは。確かになあ。動きやすうなるとは思うが、わしも洋装は着とうない。あんまり体の形がよう見えてしまうけんな」

椿の答えに潮は罪悪感を覚える。椿は村の男たちが自分を何と言っているのか知っている。それは行雄がいやらしい声で妹に囁くことの何倍も醜悪な言葉だ。

「潮。もっと近う」

呼ばれて膝で進み出ると、「もっとじゃ」と手を引かれる。

椿はそのまま潮の胸に頭を預けてきた。柔らかな温みと甘い香り。否が応でも昨夜のことが蘇り、潮は慌ててしまう。

「どねぇした、椿様。具合でも……」

「違う。ただ、こうしていたい。じっとしよれ」

主人にそう言われては、潮は拒否できない。石のように固まってじっとしていると、椿は小さくため息をつく。芳醇な果実のような甘い息が胸にかかった。

「近頃、しんどいことが多いけん……潮とこうしとると、安心する」

「椿様……」

「潮。昨夜のこと、気にしとるな」

どきりとしたが、素直に頷く。

「お前が悪いと思うことは何もありゃせん。わしが望んだ。昨夜も言うたじゃろ」

「しゃぁけど……俺は……あの獣と、同じことを……」

「違う。兄様とはまるで違う」

椿は強く吐き捨てるように言う。

「わしは兄様が嫌いじゃ。妹にあげぇなことをしよる男なんぞ大嫌いじゃ。けど、潮は違う。わしは潮を好いとる。お前ならいい。お前とならなんでもしたい」

音を立てたかと思うほど、潮の顔はぼっと熱くなる。

清廉な女主人が、自分にならなにをされてもいいと言う。男どもに欲の目で見つめられ誹《そし》られ、それでも正しく清らかだった椿が、自ら村人たちの言うような女になろうとしている。

「い、いかん、椿様。そねぇなこと」

「周りの言うとることを気にしとるのか、潮」

椿はいつでも鋭い洞察力で潮の心中など簡単に見抜いてしまう。

「あいつらはわしを淫売じゃ売女じゃと言う。潮と毎晩いやらしいことをしとると。しゃぁけど、違うじゃろう。わしは欲望からお前に触れておるんじゃない。好いとるからじゃ。惚れとるからじゃ。昨夜、それがはっきりとわかった」

「つ、椿様……」

「わしはお前が好きなんじゃ。恐らくずっと好いとった。しゃぁけど、わからんかった。それが昨夜はっきり見えたんじゃ。兄様にされて気色悪いと思うたことを、お前にしてもろて、塗り替えられた。嫌ぁな心持ちが、お前に抱き締めてもろて、口吸いしてもろて、清められたんじゃ。お前と触れ合うことは、わしの救いなんじゃ」

いつでも理路整然と語る椿が、今自分の感情を自覚した途端に、他のことを論理的に説明するのと同じように潮に語り聞かせている。

「お前が好きじゃ、触れて欲しいと、そう願うわしは、淫売か？　潮」

「そねぇなことやこねぇ。あり得ねぇ」

即座に潮は否定する。心は男たちの下劣な話を立ち聞きしたときと同じ熱さで、怒りに燃え上がる。

「椿様は尊いお方じゃ。椿様こそ、俺の救い主じゃ」

「そう思うてくれるのはありがたい。しゃぁけど、わしも人間じゃ。一人の女じゃ。尊いいうても、心はあるし欲もある。じゃから、望んだ。お前ならいいと言うた」

ぐっと喉の奥で言葉が詰まる。

（そうじゃ。椿様も人じゃ。心がある。俺にも、心がある……）

潮には長らく葛藤《かっとう》があった。椿を恩人として、主人として崇めたいという気持ちと、己の男としての感情と欲望の狭間で、秘かに思い悩んでいた。

「じゃが……これはわしの勝手な想いじゃ。お前が嫌じゃと言えば、わしもこれ以上は望まん。昨夜のことは忘れる」

「椿様……」

嫌だなどと言えるはずがない。自分も好きだ。椿と同じなのだ。いや、それ以上に強く想い続け、押し殺してきたのだ。

けれどそれを今の一瞬で決めてしまえるほど、潮の葛藤は軽いものではなかった。

「俺は……俺には……わからん。俺も椿様が好きじゃ。けど……」

「周りの言う通りになってしまうんが、嫌か」

またもや核心を突かれたように思って、潮は言葉をなくす。椿は潮の胸に頭を預けながら、真っ直ぐな澄んだ瞳で潮を見ている。

「潮。わしはな、何を言われても構わんと、噂なんぞは気にせず生きてきた。わしはわしじゃ。周りが決めるもんと違う。そんなもんに振り回されとうないと、知っていても知らんような顔で生きてきたんじゃ。その内に、誰かの話す噂話なんぞ、波の音と大差ないようになった。いつもどこぞで鳴っとる、気にしても仕様のないもんじゃ。意味なんぞありゃせん。ただそこにあるだけじゃ」

潮は椿の心の強さに打たれた。この歳にしてこうまで思えるようになるには、どれほどの苦しみを乗り越えたことだろう。

「それが、噂の通りになってしまうんが嫌じゃと言うてしたいこともできんのは、それこそ噂に振り回されとる証拠じゃ。違うか」

その通りだ。そう思った。

潮が椿と同じ想いであるにもかかわらず感情のままに動けないのは、これまでずっと耳にしてきた嫌な噂話に抗ってきて、自分たちは違う、清らかな主従関係で間違ったことなど何もしていないと、その事実を誇ってきたからだ。

それを、今更素直な気持ちに従って変えることは、ひどく難しかった。そら見ろと村人たちに後ろ指を指されるのが屈辱だと感じていた。だが、今やお互いの心はひとつなのだ。

潮が葛藤から抜け出しかけたとき、バタバタと廊下を走る騒がしい音に、二人はハッと体を離した。

「椿様、椿様！」

挨拶もなく慌ただしく襖が開け放たれ、顔色をなくした女中が座敷に飛び込んで来る。

「どねぇした、騒々しい」

「旦那様が、旦那様のお加減が」

その一言で、二人は何が起きたのかを察した。

女中について錦蔵の奥座敷まで急ぐと、そこには医者と多くの使用人と、行雄、行雄の妻の多江《たえ》、そして子の正蔵《しょうぞう》の姿もあった。

「親父……親父。聞こえるか」

「うう……おしず……おしずや……」

長男の声には少しも反応せず、錦蔵は妾の名ばかりを呻いている。

「おしず……すまなんだ……ほんまに、すまなんだなあ……」

「父様……」

もはや、椿が来てもおしずとは間違えない。錦蔵にはすでに誰も見えていなかった。椿と錦蔵の間にあった習慣は、屋敷の誰もが知っている。けれど父は最期には娘をその苦行から解き放った。踏んでくれとは言わず、ただ詫びていた。それは心を絞り上げるような、ひどく悲しげな、哀訴《あいそ》のようだった。

やがて声が絶え、医者が臨終を告げた。

座敷に沈黙が落ちた。

長く病床にあり、最後には頭もおかしくなってしまった当主が亡くなったことに、誰も激しく悲しむ者はない。ただ、疲労と喪失感、少しの安堵、そしてこの先のことの不安を皆が抱いていた。

「何で父様は、母様に謝っとったんじゃろう」

微かにすすり泣きの聞こえる中、椿はぽつりと呟いた。確かに、これまでおしずおしずと求めてはいても、謝罪ではなかったはずだ。

行雄が乾いた声で答える。

「何とのう耳にしたことがあるで。何でもおしずには国に恋人がおったそうじゃ。それを無理やり攫《さら》うようにして、親父はこの島へ連れて来てしもたんじゃと」

「ほんまか、そん話は」

椿は怪訝《けげん》な顔つきだ。潮も初めて聞いた。しかし、椿の母のおしずに関しては真偽不明の噂が山ほどある。その内のひとつに過ぎないのではないか。

「それじゃ、母様はその恋人のところへ帰ってしもたんじゃろうか……」

「さあ、どうじゃろうなあ。そん可能性は高いと思うで。いつまでも盛りのついたいやらしい爺には構っとれんと、面倒な子どもも置いて逃げ出したんじゃろ」

自分の行状は棚に上げて行雄はせせら笑う。

「何にせよ、今日からは俺が堂元家の主人じゃけぇ、そのつもりでな。わしの言うことは絶対じゃ。逆らう奴は追い出しちゃるけんな」

椿は目を見開いた。嵐の海のように黒々と濁った目をした兄が、粘《ねば》ついた視線で妹を見ていた。

潮は椿の後ろで行雄を凝然《ぎょうぜん》と見ていたが、いつもならばその気配を察知して狼狽えるのに今は平然としている。

（こいつ……何をしでかす気じゃ）

潮を恐れていた行雄は、その怯えから解き放たれたかのように堂々としていた。当主になるということが、一体何をこの男に与えたというのだろう。
椿は人形のような顔を一層冷たく凍りつかせ、父の遺体を見つめている。
そして新しい当主の目には、妹のみずみずしい肉しか見えていないのだった。

怪物

翌日の通夜には島中の人々が訪れた。村いちばんの分限の葬式なので大げさなほど豪華に、まるで祭りのように酒が振る舞われ、皆最初は錦蔵のことを話し在りし日の武勇伝を語り故人を偲んでいたが、次第にただの宴会となった。

使用人たちは忙しく台所と座敷を行き来し、家族は来客の対応でてんてこ舞いである。父の死を悲しむ間もなく、嵐のように儀式は片付いてゆく。島中の者が掻き集められた葬列では、使用人たちの担いだ棺の中の錦蔵の肉体からすでに残暑の熱に侵され腐った肉の臭気が漂っており、誰も口にしなかったが、耐え難いその臭気に皆閉口《へいこう》していた。

(まだ、父様はここにおるような気がする)

毎晩顔を踏まされ続けた椿には、未だ足の裏にありありと父の頭蓋の感触が残っているのだ。臨終の様を見ていながら、その感覚があまりに生々しく、父の死が現実のような気がしない。

しかし、ふしぎとこの屋敷に父の魂があるようには思えなかった。あるとしたら、それは『おしず』のもとだろう。

あの執念は並大抵のものではなかった。特に意識がおぼつかなくなってからは、口にする言葉といえば『おしず』である。

（まるで『呪い』じゃや。魂まで虜にされて、死ぬまで追い求める呪い……死んだ後も、囚われておる）

昔海賊に殺められ、ゴミのように海に捨てられた者たちの怨念が島を取り囲んでいるのだ。ろくに弔《とむら》われもせず、その魂はすでに形を失い有象無象《うぞうむぞう》の怨念となってこの島に腐臭を帯びた風を吹かせる。きっと錦蔵もその風の一部になるのだろう。土の下で腐りゆく父の肉体を思いながら、椿は味のしない刺身を摘んでいる。

「お前はほんまに少食じゃな。もっと食べねば、将来立派な子を産めんぞ」

行雄は錦蔵が死んでからというもの、ずっと上機嫌である。当主の葬式は代替わりのお披露目の場でもあった。以来堂々と自分が今の堂元家当主であると上座に座るようになった行雄は、女中に酌をさせ、真っ赤な顔で平目の刺身をぺろりと平らげる。

横で正蔵の面倒を見ながら食事をしている妻の多江は、行雄がどんなにいやらしい言葉を妹に投げかけても何も言わない。これまでもそうだったが、行雄は父が亡くなってからますます尊大になり、下衆な人格を隠さなくなった。

「わしはでぇれぇ忙しいわ。親父はきちんと引き継ぎもできん内におかしゅうなってしもうたからのう。わからんことも多いんじゃ。お前らは、わしの苦労のお陰で今もこの屋敷に住めるちゅうことを重々自覚せんといかんぞ」

今宵の行雄はいつもに輪をかけて浮かれており、酒の量も多い。さすがに多江も見かねて「旦那様、少し飲みすぎじゃねんか」と口を出す。すると行雄は何の躊躇もなく多江を殴った。多江は膳《ぜん》を蹴散らして吹っ飛び、正蔵は泣き喚《わめ》く。女中が飛んできて後片付けをし、行雄がうるさいと怒鳴れば多江はふらふらと子を抱えて廊下へ出てあやしている。

こんな生活がこれから毎日続くのか。村の者たちの口さがない噂話は波の音で済ませられるが、こちらはあまりに身近でそうも言っていられない。波に呑まれる寸前だ。

潮は使用人たちと共に食事をしているので、自分たちと膳を囲むわけにもいかず、椿はこのときばかりは不快感と不安に掻き立てられるようである。椿が少食なのも兄との食事では美味いものも美味いと感じられないのが理由であった。

「ほれ、椿も飲め」

「わしは飲めんけぇ」

「少しだけじゃ。ほれ、注いでやる。兄様の酌じゃ。ご当主様のなあ」

これは少しでも飲まなくては解放されそうにない。椿は嫌々ながらも差し出された盃を受け取り、注がれた酒を口に含んだ。

嫌な味だ。高価な酒なのだろうが、まずい。

椿の渋い顔を見て行雄は弾けるように笑った。畳に転がって赤ん坊のように仰向けになって笑い続けた。

その脂ぎった赤ら顔を眺めながら、この顔は踏んだらどんな感触がするのだろうと椿はぼんやりと想像した。きっとそれは父を踏むより何倍もおぞましいものなのだろう。

食事を終えて部屋に戻るが、いつもやって来るはずの潮の気配がない。

こんなことは今までにあまりなかったので女中に訊ねてみるが、使いを頼まれて外へ出ているようだと言う。

気にかかりながらも風呂に入り、椿は早めに床についた。慣れない酒を飲まされたせいか何やら体が熱く、視界が霞んでいる。手足が鉛《なまり》のように重く、床に沈んでいくような奇妙な心地だ。季節の変わり目の風邪にでもかかったかもしれない。しかし、この股間がじんじんと腫れ上がるような妙な心地は何なのか。

そのあわいに触れてみると、とぷとぷと何かがあふれてきてギョッとする。月のものかと思い指を行灯の下に晒してみたが血ではない。潮と抱き合ったときにこぼれ出たものと同じ匂いがするが、その量が尋常でない。

(潮……どこへ行きよったんじゃ……わしはおかしい……こねぇな夜にお前がおらんとは……)

股を洗いに立つべきか。しかし妙に気だるくて動けない。体の奥が疼《うず》くような感覚に苦しんでいると、廊下を重々しい足音が渡ってくる。

椿はハッとしてうつらうつらとしていた目を開いた。

(潮ではない……あいつじゃ……)

椿にははっきりとわかる。これは、兄の行雄の足音である。

忍ばせていようともその重みは消せない。酒に酔って乱れた足取りも隠せない。

足音はまっすぐに椿の部屋へと辿り着き、無遠慮に襖が開かれた。椿は震えながら起き上がる。月光を背にして、醜怪《しゅうかい》な影が布団の上に伸びた。

「なんじゃ、まだ起きよるんか」

行雄は襖を後ろ手に閉めながらげっぷをする。自由にならない体で必死で逃げようとする椿の上に巨体がのしかかる。

獣の目的はひとつしかなかった。そして椿はあまりにもよくそれを知っていた。

「嫌！　嫌じゃ、兄様」

「おっほ。元気じゃのう。薬はもう十分効いとるはずじゃがのう」

――薬。

そうだ。こんな感覚は今までになかった。

あの飲まされた酒の中に何かが混ぜられていたのだ。同じ酒を飲んでいたのだから、恐らくは椿の盃だけに何かが仕込まれていたのだろう。

「なんちゅう……なんちゅうことを」

「わしの仏心じゃ。無理やりは可哀想じゃからのう。お前も楽しめるよう、ええ気持ちになれるもんを入れてやったんじゃ。とっくにあの犬に奪われとると思うとったが、どうもお前からはおぼこい匂いもするからのう。痛うないようにのう、ほっほ」

行雄は酒臭い息を吐いて笑いながら椿の寝間着を乱暴に開いた。こぼれたむっちりとした乳房を獣のように鼻息を荒くして揉みしだき、その手を掻きむしる椿の腕を「邪魔じゃのう」とひとまとめにして椿自身の帯できつく縛った。暴れる脚を難なく割り、薬のせいでしとどに濡れた肉の花びらは糸を引いてぱっくりとほころび、むわりと女の甘い匂いが漂った。

「おほっ！　おお、なんちゅう絶景じゃあ……おお、珊瑚玉も大きいもんが実っとるのう、さすが淫売の娘じゃぁ、女陰までなんちゅういやらしい体じゃぁ」

涎の垂れそうな声でひひいと笑い、行雄はぬめぬめとそこへ指の腹を滑らせる。紛れもない痺れるような快感と兄への激しい嫌悪感で椿は叫んだ。

「嫌……嫌ぁ！　潮ーッ！」

「潮は来ん。今頃海の中じゃ」

一瞬、兄の言葉の意味がわからず、椿の思考は凍りつく。

「何、じゃと……海、て……」

「潮の茶の中にものう、睡眠薬を入れたんじゃ。あの体格じゃからのう、多めにしたわ。ぐっすり眠ったところをな、手足を縛って、船で沖へ出て落として来たわ。ほっほ、もちろん実際に落としたんはわしじゃねえがのう。ずうっと眠っとったちゅう話じゃから、冷たい海の中で今もええ夢見とるじゃろ」

「嘘……嘘じゃ……」

「嘘じゃねえ。ほんまじゃ。ああ、ようやっとすっきりしたわ。あいつはほんまに邪魔くさかったけんのう。お前の周りをうろちょろしよって……もう安心じゃ。お前はわしがずうっと可愛がっちゃるけん。安心せい。ずうっと……ずうぅっとなあ」

死刑宣告のような言葉も、今の椿には聞こえてこない。

(潮が……死んだ……？　嘘じゃ……そんなわけねぇ……)

潮はいつでも椿を守ってくれた。椿が危ないときには常に駆けつけてくれたし、魔法のように窮地を救ってくれた。

それに、椿は潮がそこにいるというだけで心が安らぐのだ。人に空気が必要なように、魚に水が必要なように、椿には潮が必要だった。

かつては潮のいない時期があったはずなのに、もう思い出せない。潮のいない日々など、偽りと変わらないのだ。潮を失えば、椿の日常は虚無でしかなかった。

「おっほ。途端におとなしくなったのう。そねぇに驚いたか。悲しいか。お前は気が強うてちぃとも女らしい心がありゃせんと思うとったが、あの犬のこととなりゃぁなかなか可愛らしいもんじゃのう」

暴れもせず無言になってしまった妹を憐れむでもなく、行雄はにたにたと脂ぎった笑いを浮かべながら浮腫《むく》んだ丸い手で椿の肉を揉んでいる。

「時間はたっぷりあるけんな。ほっほ……とりあえずはこのぷりぷりの赤貝をゆっくり味わってみるとするかのう。お前のもずくは少なめで膨らんだ珊瑚玉と赤貝がよう見えていやらしいわぁ……きっと極楽みてぇな味がするんじゃろうなぁ」

行雄はこみ上げる涎を何度も飲み込み、椿の股間に顔を近づけてゆく。生温かな吐息が太腿にかかり、いよいよ絶望に目の前が真っ暗になったそのとき。

「やめろ」

低い声が響いた。

行雄は弾かれたように後ろを振り向いた。

「んな……なぁっ……？」

奇妙な猫のような声を上げた兄に、椿ははたと我に返った。二人の背後に、月を背負って仁王立ちになっていたのは、見慣れた男の影であった。

「うし、お……」

椿は声にならない声で呟く。

海に落とされたのではなかったのか。ここに流れ着いて以来、恐れて一度も近づかなかった海に、眠ったまま、手足を縛られて。

けれど、潮はそこにいた。頑強な四肢もそのままに、ひとつも欠けることなく、立っていた。

「何でじゃ……何でお前、生きとる……」

「知らん。生きとるもんは生きとる」

潮が一歩踏み出すと、行雄は巨体に似合わぬ俊敏さで飛び上がって椿の上から退いた。

よく見れば、潮は全身ずぶ濡れだ。しかし、濡れれば特徴的に響くはずの足音も、いつものように馴染んだ足音も、何も椿には聞こえなかったのだ。確かに二本の足でここへやって来たに違いないのに、椿が一瞬茫然自失となっていたためか、少しの気配も感じ取ることができなかった。

潮は憤りに燃え盛る目を行雄に据えていた。殺されかけたのだから当然だ。しかしそれ以上の激情であった。呼吸を止めかねないほどの切り裂くような殺気を滲ませ、血の滴るような声で唸った。

「死人が必要なら、お前が死ぬか」

潮の手が行雄へ伸びる。その五本の指は、触れれば確実に死をもたらす気配に満ちている。

「ひ……ひぃぃ――ッ……」

「う、潮！」

潮の本当に今にも行雄を手にかけそうな殺気に、声も出なかった椿は、ようやっと必死で潮の名を叫んだ。

すると、にわかに潮の目にいつもの澄んだ光が宿り、動きが止まった。その隙に、行雄

は足をもつれさせ、何度も転びながら逃げて行った。

潮はそれを視界の端で見届けると、座敷に踏み入り、襖を閉めた。

「椿様……」

「潮……」

潮は椿の上に屈み込み、その腕が拘束されているのを見て、頬に怒りの色を浮かべすぐさまそれを解く。

自由になった腕に血の気が通い、やや呆然として潮を見上げる内に、突如、安堵の涙が込み上げた。

「うぅ……潮、潮――ッ」

必死で潮の首にしがみつく。潮も椿を固く抱き締め、頭を撫で、何度も何度も頬ずりした。

「すまん、すまん、椿様……遅れてしもて、ほんまにすまん……」

「ええんじゃ、そんなもんはどうでもええ。わしはお前が生きとってくれればそれでええんじゃ」

涙にぼやけた視界で、近くから潮の顔を凝視する。顔を撫で、確かにそこに潮がいることを確かめる。

「手足縛られて海に落とされたっちゅう話じゃが……ようも、ようも無事で……」

「俺にもわからん。きっと死にものぐるいだったんじゃ。気づいたら浜におった。まるであんときと同じじゃ。椿様に助けていただいたあんときと……」

濡れた着物の張り付いた潮の肌は冷えている。けれど、その内に脈打つ命を感じさせる熱が宿っている。

（あぁ……潮が生きとる……しっかりと生きとって、わしを抱き締めてくれとる……）

椿は目眩がするほどの喜びに満ちていた。先程の地獄が嘘のように、今は桃源郷にいるように幸福だった。

「俺は椿様にすべて捧げとるんじゃ。命を助けてもらったあんときから、俺が死ぬときは椿様のためと決めとる。誰かに殺されるために助かった命じゃねぇ。椿様のための命じゃ」

「潮……お前、そねぇに……」

「椿様がすべてじゃ。記憶やこ関係ねぇ……俺はもう絶対に椿様のお側を離れんけぇ」

潮の熱烈な誓いに、椿は陶然《とうぜん》として聞き入っていた。これほど力強く、そして幸せな言葉があるだろうか。父が死に、獣が家長となり、もしもこのまま潮が海に沈んでいたら、椿は行雄の言う通りに『ずぅっと』あの男の玩具にされていたことだろう。

じっと抱き合っていると、ふいに潮が椿の頬に手をやって首を傾げる。

「椿様……なんや体が熱い。どねえしたんじゃ」

「ああ……兄様に妙なもんを飲まされてしもうて」

感激に押し流されていたが、行雄に使われた薬はまだ椿の体を疼かせている。

「お前には眠り薬を、わしにはこねぇなもんを飲ませよった。体が熱うてたまらんのじゃ」

「大丈夫か。気分が悪うなるもんなんか」

「気分が悪いちゅうか……これは媚薬じゃ。疼くんじゃ……」

ようやくその意味に気づいた潮は、赤銅色の顔にさっと血の気を走らせた。

ずっと抱き合っていた椿の体はほとんど浴衣がはだけた状態であることにも今更思い至った。あられもない椿の肢体を見た潮の体は熱くなり、慌てふためいた。

「す、すまん、椿様……俺は、何も知らんで……」

「ええんじゃ。お前ならええ。何でもええ」

身を引こうとする潮に、椿は抱きつく。

「兄様に襲われて、犯されることを覚悟した。お前が来てくれんかったら、実際そうなっとった。しゃぁけど、わしの心は、お前だけを想っとった。わしはすでに心をお前に捧げとる」

「椿様……」

「お前も、わしにすべてを捧げとる言うたな、潮」

潮をじっと見つめる。意図せずとも潤む瞳には潮の顔しか映っていない。

「ほんなら、お前をわしにくれ。わしの男になってくれ」

「……ほんまに、ええんか」

「ええ。お前がええ。お前以外は嫌じゃ。お前だけがええんじゃ、潮」

潮は椿を固く抱き締め、唇を重ねた。冷たいと思っていた潮の皮膚はすでに熱く火照り、水に濡れた着物を脱ぎ捨てた潮の肌は太陽のように燃えていた。

「椿様……俺は……必ずあなたのために死ぬと誓う……」

「そねぇなことは許さん。死ぬなよ、潮。これは命令じゃ。わしを置いて死ぬなよ」

布団の上に倒れた二人は、少しの隙間もないほどにぴたりと重なり合い、互いの肌を撫で、擦り、揉みながら、唇を、舌を合わせ、絡ませ、必死で求め合った。

待ち侘びた潮との接吻は感動よりも、唇を合わせるほどにもっと欲しいもっと欲しいという限りない欲求が腹の奥から込み上げ、食らいつくようにねだってしまう。

媚薬で高まった椿の肉体は渇いた者が水を欲するように潮を求め、脚を開いて腰を浮かせ、しとどに濡れそぼつそこを自ら男の硬いものに擦りつけた。

「あ、はあ、椿様……」

限界まで昂ぶっていた潮は、ぬるりと潤《うるお》う狭間へあまりにも自然に分け入った。穴蔵を見つけた蛇がそこへ潜り込むのと同じように、潮は椿の中へ埋没した。

「うっ……、あ、あぁ」

鈍い痛みがあった。引き裂かれるような感覚に、椿は目を見開いた。

けれどその痛みは鋭い快感でもあった。それは恐らく行雄の薬のためだろう。潮が腰を進め、深々とすべてを収めたとき、あまりに腹をみっちりと満たされた感覚に、椿はまるで潮を丸ごと呑み込んだような心地になった。

「腹が、いっぱいじゃ……腹が潮で膨れとる……」

「俺は、椿様に食われてしもうたようじゃ……」

「潮は全部わしのもんじゃけぇ、構わんじゃろ」

くすくすと笑いながら口を吸う。交わったのは初めてのはずなのに、このあるべき場所に還ったかのような快さは何なのだろう。

やがて潮が徐々に動き出したとき、椿は喉の奥から自然と甘やかな声がこぼれるのを覚えた。あぁ、ああ、ええ、ええわ、とまるで色事に慣れた年増女のような、自分でも媚びていると感じるような蕩けるような声音である。

椿が喘げば潮は漲り、腹の蛇は硬く膨らみ反り返る。それは図々しいほどに椿の奥までぐうっと首を伸ばし、臓腑《ぞうふ》をその頭でずんずんと重く突き上げる。

口から飛び出しそうだと錯覚するほどのその衝撃は、薬なしではきっとひどく苦しいものだっただろう。けれど、幸か不幸か兄の策略のお陰か、はたまた村人たちの言う通り椿が淫売だったためか、初めての交合は椿に灼熱《しゃくねつ》の快楽しか与えなかった。

「はぁ、あぁ、椿様、ああ、椿様……」

潮は額に玉の汗を浮かべ、椿の名を呼びながら切なげな表情で腰を振っている。処女の狭くきつい隘路《あいろ》はあふれるほどの女陰の蜜で抽挿を容易にし、取り憑かれたように椿の口を吸いながら潮は喘いでいた。

「あぁ、あああ、潮……、うあ、は、ああ、ええ、ええぞ、心地ええ……」

「椿様、ええんか、こねぇに、強う動いておっても、ええんか」

「もっと強うても構わん、ああ、もっと深うしてもええ……はぁ、ああ、わしは、こねぇなもんは初めてじゃ……頭が、おかしゅうなってしまいそうじゃ」

蜜は乾くことを知らず、後から後からごぽりとあふれ出る。潮の長大なものに掻き混ぜられ、ぐちゃぐちゃじゅぼじゅぼと物凄い音を立てて白く泡立っている。充血しぱんぱんに膨らんだ花芯は潮に擦られ悦びに震え、無残なほどに拡げられた女陰は随喜の蜜を垂れ流して花びらをまとわりつかせ、男根にしゃぶりついている。

潮が椿の白く脂の乗った太腿を抱え上げ、一層深々と挿入すると、椿は目も眩むような悦楽に涎をこぼして獣のように喘いだ。

「おぉ、お、んあ、はっ、あ、あ、え、ええわ、すごい、はぉ、あ、あぁ、潮のぉ、奥まで、うぅ、ええ、死ぬほど、えぇわあぁ」

「はぁっ、ああ、くぅ、う、うう、すげぇ、椿様、絞られるようじゃ、はぁ、ああ、ぁ、そねぇに、食い締めては、はぁ、あ、あぁ」

潮は苦しげな顔で体を震わせる。椿は腹の奥を何度も何度も、深々と重く抉《えぐ》られるのがたまらず、高い声を上げて痙攣《けいれん》し、全身の毛穴が一斉に開いたような寒気とも熱気ともつかないような感覚を味わった。

「あぁ、はあ、あ、潮……、あ、あぁ、来る、何か、来よる、あ、きょうてぇ、ふぁあ」

必死で潮の背中を掻き抱く。けれど魂が体から離れそうになるその奇妙な感覚は消えない。

「あ、あっ、ひ、あ……」

「椿様っ……」

椿は高波に打ち上げられた。

視界が白い波の飛沫に覆われ、体は宙に浮き、空に放り投げられる。

けれどそれはまるで海の底のように無音で、四肢は柔らかな水の愛撫を受け止めている。

(あぁ……わしは、どこにおるんじゃ……)

何も見えなかった。ただ、全身が熱く、冷たく、燃えていた。

もしやこれが死後の世界なのではなかろうか。魂が肉体から解き放たれ、重力のない、海に浮かぶような世界に浮遊する。

しかし、どこまで浮かび上がろうとも、水面に辿り着くことはない。浮かんでいるつもりが、沈んでいるのかもしれない。そして、この体はどこまでも海の深い懐に抱かれ流れてゆく。

「く、うぅ……っ」

深海の世界に、潮の呻きが届いた。

潮は大きく胴震いし、陰茎を抜き、椿の腹の上に温かなものをほとばしらせた。

椿は荒い息の下、自分を見つめている潮の瞳の色に恍惚とした。

深い青であった。八年前に初めて目を開き、視線を合わせたときのあの透き通った静かな海の色。

(潮……お前は、わしの海じゃ)

夜海島の海には親しめぬ椿が、ようやく手に入れた美しい海。

「椿様……」

潮は泣きそうな顔で縋りつくように椿を呼ぶ。

椿は両腕を広げ、いつものように潮の頭を抱きかかえた。胸に潮を抱くと、途方もない安心感に満たされる。

潮は椿の乳房に顔を埋め、赤子のように口で乳首を探り、その乳頭を口に含んだ。じゅ、と音を立てて吸われると、体の奥に再び火が灯る。

「ふふ……潮は赤子のようじゃのう。そねぇに吸うても、乳は出んぞ」

「しゃぁけど、椿様の乳は美味い……ええ匂いの甘い乳じゃ……」

潮はきつく乳頭を吸い上げ、舌先でなぶり、弄ぶように乳をしゃぶる。甘美な快楽に甘い吐息を漏らしていると、いつの間にかまた硬くなった蛇がぬかるんだ穴蔵を探している。

ぬるりと入り込んだとき、椿は初めよりも鮮やかな快感に甘く喘いだ。

「はぁ……あぁ、ここはええ……ずっと椿様のここに潜っていてぇ……」

「ええよ……入りとうなったらいつでも入るがええ……ここはお前の家じゃ……お前の帰る場所じゃけぇ……」

二人はそうしてまたひとつになって揺れ動く。寄せては返す波のように満ち引きを繰り返し、汗みずくの肌を重ねて全身で絡まり合う。

潮の精は無尽蔵にあふれ、椿の蜜もこんこんと湧き続ける。上になり下になり、逆さまになり転がって延々と交わった。

八年清らかであったはずなのに、今初めて体を合わせたとは思われぬほどに二人は共鳴し、互いの肉体を熟知し尽くしているかのように溶け合ったのだった。

それから椿と潮の生活は一変した。

外から見れば何も変わっていないように見えるだろう。椿は月琴を教え、潮は畑仕事をする。その後椿に付き従う潮の姿は何ら変わりなく、二人の習慣も変化はない。

ただ、椿が部屋で潮を胸に抱いて可愛がるとき、潮の手は衣紋を割り、西瓜《すいか》のような大きさのみずみずしい乳房をまさぐっている。そしてその甘い乳頭を音を立てて吸いながら、椿の腰巻きの下まで手を伸ばし、指で巧みに女陰をこね回すのだ。

「はぁ……あぁ、おえん、潮……そねぇに、そねぇにしては……」

「椿様、ええか……もうとろとろじゃ……ええ匂いがしよる……」

潮は肉厚な花びらのあわいを撫でながら、膨らんだ肉芽を盛んに擦る。乳輪ごと乳頭を強く吸いながら、勃起した陰核を押し潰すようになぶると、椿はくぐもった声を上げて腰を大きく痙攣させる。とろりとあふれ出た蜜を指先に絡め、潮はちゅぷちゅぷと音を立てて蜜壺に指を潜らせる。花びらを掻き混ぜ、達したばかりの肉芽を優しく揉む。椿は引きも切らぬ官能に体をくねらせる。首筋や頬にじっとりと浮かぶ官能の汗に、束髪が乱れて張り付く。

「ん……そねぇに、いじらんといて……」

「はぁ……あぁ……ええなぁ……ここに入りてぇなぁ……」

「ええよ、入って……夕餉まで誰もここには来ん……長うはできんけどなぁ」

「ええか……ちぃっとだけ、ええか」

潮は隆々と反り返る黒蛇をあらわにする。椿は帯が崩れぬよううつ伏せになり、裾を捲くり上げる。

濡れそぼつそこに潮が押し入ると、一気に女陰が潮の太さに拡げられ、ビリリと電流の走るような甘い甘い悦楽に、椿は待ちかねたような切ない声を上げる。

「あぁ……ええ……すごいわ、あぁ、大きゅうて、あぁ、また、腹いっぱいじゃ……夕餉の前に満腹になってしまうわ……」

「椿様は腹いっぱいでも、いくらでも食えるじゃろ……いつでも俺を食ろうてくれるけん」

二人はくすくすと笑いながら遊ぶように交わる。おやつを摘むように体をいじくり、結局我慢がきかずに交合する。覚えたての快感を味わいたくてたまらない。

前からされるのと後ろからされるのでは角度が違って快楽も違う。腰を押さえつけられずんずんと背後から突かれると、妙に犯されているような感覚になり、椿は微かに被虐《ひぎゃく》的な悦びを滲ませる。

「はぁ……あぁ……あぁあ、ええよ、ええわ……」

「椿様、こねぇな格好でも、ええんか……」

「うん、ええよ……潮の顔が見えんのは寂しいけどなぁ……」

「椿様……夜にまた忍んで行くけん……寂しがらんでええ……」

潮は椿の汗ばんだ尻を揉みながら、腰を打ち付けたり、奥でぐりぐりと回したりする。

椿はその度よく響く月琴のように鳴き、ピンと張った弦のようにつま先を強張らせる。体中に潮を満たし、反響させ、妙なる調べを紡ぎ出す。

「あぁ、あ、ひぁ、ああ、潮ぉ、あ、あぁ、あ」

「はぁ、はぁ、椿様、椿様ぁ……」

パンパンという肉の合わさる音と、蜜を掻き混ぜるぐっちゃぐっちゃという音が、この部屋には常に響くようになった。

椿と潮は二人でいれば我慢がきかない。潮の蛇はいつでも椿の穴蔵へ潜り込みたがり、椿の穴は蛇を恋しがってしとどに濡れるのだ。

日の高い内は着衣のまま性急に繋がり、そして夜にはゆっくりと楽しむ。

湯浴みを終え布団に寝ている椿のもとへ潮がそっと訪れ、布団の中に潜り込み、横たわった椿の足元から愛撫を始めるのだ。

湯上がりの肌理《きめ》の細かい椿の皮膚を潮が舌で味わい、ふくらはぎを軽く噛み、太腿の柔らかな肉を吸い、やがてすでに期待に湿っている女陰へと辿り着く。

潮は椿の脚を抱え込み、潤った花びらの狭間を舌で舐め上げる。椿は甘い鼻息を漏らしながら、太腿で潮の頭を挟み込む。潮の舌は膨らんだ陰核を執拗に舐め、しゃぶり、擦り上げる。女陰からあふれ出る蜜をじゅるじゅると貪欲に啜《すす》りながら、椿が達するまで肉芽を盛んにれろれろと舌技を尽くしてなぶり続ける。

やがて椿が高い声を漏らし痙攣すると、どっぷりとあふれた蜜を美味そうに音を立ててしゃぶる。弛緩《しかん》した椿の体にのしかかり、そのときようやく布団から頭を出す。抱きつく椿の口を吸いながら、乳房を揉み、ゆっくりと達したばかりの女陰に硬く太い男根を押し込む。

とろとろに蕩けぬかるむ媚肉を分け入って最奥にぐっぽりと埋め込まれれば、すぐに椿は痙攣し、再び絶頂に飛ぶ。

「んぅ、う、ふうぅ……」

潮に口を吸われながら、椿は快感の味わいに打ち震える。潮の背中を撫で、腰を撫で、全身にみっしりとついた筋肉を指先で感じていると、カアっと腹の奥が熱く悶える。

逞しい男の体。自分を命を懸けて守ってくれる愛おしい肉体。

実際に潮は黄泉の国から二度も舞い戻ってきた。一度目は椿の介抱によって、そして二度目は椿のために自力で蘇った。こんなにも頼もしい、愛おしい存在があるだろうか。

その幸福感が、椿を女としての例えようもない快楽で満たすのだ。唯一無二の男に抱かれているという状況が、否が応でも椿の心身を高めてゆく。

「はぁ……あぁ……椿様……椿様……」

今宵も潮は椿の名を呼び続け、疲れを知らぬように腰を振り続ける。椿の腹を満たす愛おしい潮の男根は日に日に大きくなるような錯覚を覚えるほどに力強く漲っている。今や一日たりとて潮と交わらずにいられる日はない。

(わしは本物の淫売になってしもうたんか……これがこねぇに心地ええもんだとは……村の女たちはずっと前からこれを味わっとったんか？　いや、こうまでええもんをあいつらが感じとるとは思えん……これは極楽じゃ……潮とわしだけのもんじゃ……)

潮の体力は無限だった。飽きもせずに力強く蠢《うごめ》き、いつまでも重々しく椿の腹を深々と抉る。深く、ときには浅く、椿が達する直前の痙攣を訴えると、潮は心得て一定の間隔で奥を小刻みに突き上げる。すると椿は容易く絶頂に飛んだ。波に呑み込まれ、渦潮に揉まれる。まさしくこの世の極楽と呼ぶべき法悦にどっぷりと浸り、忘我の極みの内に愛おしい男の体を抱き締めた。

椿は一晩に何度も気をやった。潮も何度も精を放った。愛おしさに口に含み、そのまま飲み下すこともあった。二人で互いのものを舐め、同時に気をやりもした。

毎日潮に愛された椿はますます淫売と呼ばれるに相応しい体になった。乳房はますますずっしりと重みを増し、肌は自分でもよくわかるほど潤い輝いていた。

潮も精力に漲り若々しい雄の魅力は滴るほどだ。椿は潮の側にいてその清々しい体臭を嗅いでいるだけで体が熱くなってしまう。すると潮も椿の発情した匂いに催し、二人は呼吸をするように繋がるのだった。

「ふっふ……潮……兄様の顔を見たか」

ある日、潮の上に跨り、屹立したものの旨味を腹の奥で味わいながら椿は笑った。

「よっぽどきょうてぇんじゃろうなぁ。お前に会わんようにコソコソしとったのに、今日ばったり廊下で出くわしたじゃろう。幽霊見たみてぇに悲鳴上げて逃げて行きよったなぁ」

「逃げてぇのはこっちの方じゃ。殺されかけたっちゅうに……」

「きっと兄様はお前が化け物みてぇに思えたんじゃろ。殺したはずじゃと思うたら生きて戻ってきよった化け物……」

化け物はどちらじゃ、と椿は思う。

たとえ本当に潮が化け物だったとしても、潮は怖くはない。椿を恐ろしいものから守ってくれる。人でないものに近いのは行雄の方だ。共に潮を屠《ほふ》ろうとした者たちの方だ。殺そうとする者たちと守ろうとする者と、一体どちらが化け物だというのだろう。

行雄が潮にしたことは本人と実行した者たちしか知らない秘密であったはずだが、数日経てば小さな島の漁村ではすでにあちこちで囁かれ始めている。

(近頃村の腐臭がひどい……昔からあった血なまぐさい風がやたらと吹くようになりよった。もう秋じゃというに、どこで何が腐っとるんじゃろう)

けれど例によって村人たちにはわからないのだろう。この臭気を感じ取っているのはよそ者だけだ。

「あ、あぁ、潮、いく、いくぅ」

下からずんずんと突き上げられ、着物からこぼれた乳房を大きな手で揉み合わされて、椿は四肢を引きつらせ仰け反った。腹の潮を食い締めながら夥《おびただ》しい蜜があふれる。忘我の境に漂う椿は束髪を乱して揺れている。

椿様、椿様と切なげに喘ぐ潮の声。潮の匂い。力強い肉体。海に揺られるような快楽。

自分たちにはこの座敷だけでいい。この空間だけが世界だったらいいのに。

小さな島の狭い村の、更に一角の座敷の内で椿は幾度も果てていた。父が母を囲うために作ったこの離れ。二人が毎夜愛し合い自分が育まれたのであろうこの座敷で、今は自らが愛しい男と繋がっている。

＊＊＊

亥《い》の子《こ》亥の子、亥の子の宵に、祝わんもんは、鬼産め蜘蛛《くも》産め、角の生えた子産め……。

学校から下宿先へ帰る最中、元気な子どもたちの亥の子唄が聞こえてくる。

十月の初めに子どもたちが歌を歌いながら一軒一軒家をまわり、餅を配ったり石を搗《つ》いたりして繁栄を願う行事だ。銀次郎の地元でも行われており、懐かしい気持ちで聞いていたが、やはり歌は地域によって少しずつ違うらしい。

「先生、先生」

ぼんやりと歩いていると後ろから声をかけられる。島へ来たとき歓迎会をしてくれた青年の内の一人だ。確か丈吉といったか。

「先生、今晩は堂元家へ行こうや」

「え、網元のお屋敷ですか。また一体どうして」

「珍しく大漁だったんじゃ。大漁んときゃ漁師には祝儀が配られてのぅ、屋敷で宴もやるけん、食い物や酒がタダじゃけぇ行こうや」

「しゃぁけど、僕は関係ないんと違うか」

「ええんじゃええんじゃ、皆親族友人連れてきよる。誰がおるかもわからんような騒ぎじゃけぇ、先生も構わんじゃろ。誰も気にせんし亥の子でまわっとる子どもらも遊びに来とるけん」

「そうですか。ええんかなぁ……」

そう言いつつ、丈吉に引きずられるようにしてそのまま山の上の堂元家へ向かう銀次郎である。躊躇《ためら》いながらもあの美しい椿のことは常に気にかかっていたし、ごくたまに村で姿を見ることがあれば胸が高鳴ってその場を動けなくなるほどだ。その彼女の住処に行くことができるだなんて、願ってもない機会である。

「あのぅ、そういえば、亥の子唄、僕の地元と違《ちご》うとるんです。面白いなあ思うて」

「へぇ。どねぇに違うんじゃ」

「ええと、大きく違うのが『鬼産め蜘蛛産め』のところじゃなぁ。僕んとこは『鬼産め蛇産め』じゃった」

「ああ、それなぁ、こん島は蛇様信仰があるからのう。蛇様を悪ういう唄は歌えんのじゃ。それで蜘蛛に置き換えたんとちゃうかなぁ」

「え……蛇様……？」

最初に飯塚に案内された神社は綿津見の神を祀っていた。蛇神信仰があるとは初耳だ。

「綿津見の神の信仰じゃぁなかったんか」

「いや、もちろん綿津見の神様も大事じゃ。それとは別に、古くからある民間信仰っちゅうんかなあ。この島でいちばん古い神社は蛇様じゃ。蛇塚もそこらじゅうにあって根づいとる。この辺りじゃぁ蛇を祀っとるところも多いじゃろ。ほれ、笠岡《かさおか》の道通《どうつう》さんなんかもそうじゃろが」

「ああ……僕の住んどったところでも蛇様の神社はあったなぁ。トウビョウ様はきょうてぇからのう」

そういえば、椿を拝んでいた老婆を飯塚は『蛇婆』と呼んでいた。蛇塚を掃除して回っているからなのだと。

（そうじゃ。あのときはあの娘の美しさに気を取られて聞き流してしもうたが、この島に

蛇塚があるちゅうことは、蛇神信仰もあるっちゅうことじゃ）

蛇を信奉すること自体は珍しくもない。日本だけでなく世界各地で古来から豊穣と繁栄の象徴として崇められてきたと聞く。特にこの瀬戸内の界隈では海と密接なために龍と蛇が同一視され蛇信仰は広く根づいている。

トウビョウというのはこの地方で恐れられている蛇だ。いわゆる憑き物で、実在する蛇ではない。体は黒く首に金色の輪の模様があるという。七寸足らずの小蛇だが、指差すだけで指が腐ると言われるほど強力に人を祟る恐ろしい蛇だ。蛇信仰はその怖いトウビョウを鎮めるためのものでもあった。

祀れば福をもたらし、粗末にすれば祟る。神とはいつでも表裏一体のものだ。

「しゃあけど、蛇神信仰はこの辺じゃようあることじゃが、どこも皆亥の子唄は蛇産めと歌《うと》うとりますよ」

「そう言われてみりゃぁそうじゃのう。わしらぁ蛇様を悪う言うなとこんまい頃から教えられとるけぇ、考えもせんかったけどなぁ」

それほど根強い蛇神信仰があるということなのだろうか。蛇婆と呼ばれるおトヨ婆さんは、その中でも信仰心が強いのだろう。

夜海島へ来てまだひと月ほどだが、田舎の小島にはよくあることなのか、やはりよそ者を忌避する嫌いは強い。そうして外部からの影響を拒む内に、独特な土着の習俗が育まれていったのかもしれない。

（蛇……蛇は龍と同一視される存在……鱗《うろこ》を持ち脚を持たない、陸の魚じゃ……いわば魚と人との間にある存在……それは人魚に通じるもんなんじゃなかろうか……）

人魚のお宝とは一体何なのだろう。不老不死の薬というが、それはやはり蛇に通じる。蛇も脱皮を繰り返すことから死と再生、生死を連想させる生き物だ。銀次郎はさすがに人魚が実在するものだとは思っていないが、この島の人々が蛇を尊ぶのと同様に人魚をも尊んでいたならば、人魚の宝とは信仰に近いものなのではないか。

「ほれ、先生。着いたぞ」

考え込む内に、すでに堂元家の屋敷に近づいていた。辺りはにわかに騒がしくなり、大勢の人間が飲んで食って騒いでいる気配が感じられる。

日も沈みかけ、亥の子を終えた子どもらが叫びながら山道を行き来し、屋敷で貰ってきたのか菓子の包みを抱えて駆けてゆく子らもいた。

堂元家の屋敷は、さすが島いちばんの分限というだけあって立派なものだった。塀が延々と続き、奥には鬱蒼《うっそう》と茂る樹木の陰に艶やかに光る銀鼠色《ぎんねずいろ》の瓦《かわら》が見える。厳しい表門は開け放たれ、しょっちゅう人が出入りしている。

今宵は大漁の宴というのは陽気なお囃子《はやし》の音や酔っぱらいの歓声などから肌で感じ、銀次郎も何やら楽しい心地になってきた。

「おう、先生。丈吉に連れられて来たか」

庭園の人いきれの中から、同じ船で夜海島にやって来た辰治が顔を出す。すでに赤ら顔でかなり飲んでいる様子だ。

「なかなか面白ぇことになっとるぞ。新しい当主様がどねぇにふんぞり返っとるかと思うたら、何やコソコソして怯えとるんじゃ」

「そんじゃぁ、あん噂はほんまなんかなぁ」

「噂？　どねぇな噂なんです」

漁師たちがひそひそと話すのを、何も知らない銀次郎は首を傾げて聞いている。

「先生、狂犬を覚えとるじゃろ。潮。わしらの飲み会に入って来よったあのでぇれぇ大きい男じゃ」

「ああ……もちろん」

「噂じゃぁ、行雄様……新しいここの当主が、潮を殺そうとしたんじゃと」

「えっ」

突然の恐ろしい話に、銀次郎は飛び上がりそうになる。

すでに漁師の青年たちの間では広まっている噂のようで、皆驚きもせず銘々《めいめい》に意見を述べ合っている。

「わしは信じられんけどなぁ。いくら行雄様でもそげぇに大それたこと……」

「しゃぁけど、潮を殺すのを手伝ったちゅうもんが何人かおる。そこから漏れた話じゃけぇ、ほんまじゃと思う。何より行雄様がのぅ、顔色も悪うてなんや潮を怖がっとる」

銀次郎は新しい当主の堂元行雄なる人物をまだ目にしたことがなかった。ここへ来たとき病だったと聞いた前当主が亡くなったときは、呼ばれてその長々とした葬列の後ろに加わったが、遺体の腐臭に耐えきれず気分が悪いと途中で抜けさせてもらったのだ。

そのときは新当主は喪主を務め代替わりの挨拶などして得意満面であったと聞いていたが、それが今ではすっかり小さくなって何かに怯えているらしいというのである。

「しゃぁけど、潮ちゅう人は生きとるんじゃろう？」

「ああ、生きとる。あげぇな男、殺しても死なん。ずっと邪魔じゃと思うとったらしいからのぅ……自分が当主になったもんで気が大きくなってやってしもうたんじゃろ」

「じゃけど、失敗した、と……」

そのとき、ふっと場が静まり返った。

何が起きたのかと思ったら、ふいに弦楽器の音が響き始める。

（これは……月琴か？）

しばらく本土では聞かなかったが、懐かしくも美しい音色だ。覚えのない旋律《せんりつ》だが、島の民謡だろうか。そこに、ゆったりと女の声が重なった。

銀次郎は、一瞬にして肌の総毛立つような、今まで経験したことのない感覚を味わった。

さても恋しい夜海島のォ　海の太鼓《たいこ》に誘われてェ
ワダツミの顔を見ちゃぁいかん　まん丸輝く真っ暗けェ
娘の涙も乾く頃ォ　蛇様迎えに来ちゃるけぇ
笑うか泣くか倒れるかァ
さぁさ　嵐がきよったぞ　返しんさい　返しんさい

ふくよかな、柔らかで甘い声である。優しく頬を撫でる風のような、豊かで広い海のような、どこまでも伸びていくある種の粘り気を帯びた濃艶《のうえん》な声。

見れば座敷で椿が月琴を弾きながら歌っている。

なんと美しい、なんと麗しい声なのか。目眩がする。頭の奥が痺れてゆく。

おかしい。まだ一口も酒は飲んでいないのに、まるで酩酊するような心地になる。

「おっと……先生、大丈夫か」

「あっ、す、すまん……」

気づけばよろめいていたらしく、隣の辰治にがっしりと支えられる。

「わかるぞ。何や海の上におるようじゃ。頭ン中を掻き回されとるような……」

「ああ……なんちゅうええ声じゃ。酒なしで酔うたんは初めてじゃ」

それにしても、今宵の椿の輝きは言葉に表せないほどだ。初めてその姿を目にしたときも、そのあまりに端整な容貌と可憐な色香に見とれたものだが、今はそこに一層凄みのようなものが加わり、眺めているだけで体の芯から蕩けてしまいそうな妖艶さがあった。

（美しい……姿も声も、これほどに美しい娘がおるとは……）

これは行雄が潮を殺してでも手に入れようと思ってしまうのは仕方がないような気がした。同じ屋敷にいながら、潮という障害のために手が出せないのであれば、殺してしまえと自分でも思ってしまうかもしれない。女に対しては淡白な銀次郎をもそう思わせるような、誰も彼をも引きずり込む恐ろしいほどの魅惑があの娘には備わっていた。

それでいて、高貴な女性の持つ近寄りがたさ、ありがたさがあの玲瓏《れいろう》たる美貌には表れている。どこの馬の骨かわからぬ女の娘だというが、その母もどこかの姫御前であったのではと考えてしまうほど、椿には輝くばかりの品格があった。

「あの娘はああして宴や何やがここで開かれる度、月琴と歌をお披露目するんじゃ。それで、普段白い目を向けとる女どももうっとりして、あんな風になりてぇと月琴を教わりに行くっちゅうわけじゃな」

「確かにこねぇな片田舎の島じゃ似合わん雰囲気じゃろ。わしらぁ普段憎う思っとるがのう、歌や月琴はさすがに見事じゃで。芸妓がやるよりもっとでぇれぇもんのような気もするのう。こん歌を聞いた翌日は、皆使い物にならんのじゃ。船も出せん。ぽうっとしてしもうてなぁ」

漁師たちの言う通り、椿が歌い終わるとワッと歓声が沸いた後は、皆どこかぼんやりとして前のうるさいほどだった喧騒が戻ってこない。

椿は歌い終わると一堂に礼をして、すぐに奥に引っ込んでしまった。その僅かな所作でさえなまめかしく、どこか体の線も以前よりますます豊かになり、むせ返るような魅惑がこぼれているように見える。

その場に潮の姿はなかったが、恐らく椿が引き返していった先で待っているのだろう。いつでも側にいるという話だったので、行雄に殺されかけた後はますます椿から離れられぬのではないか。

「なぁ、どねぇじゃ、先生。あん歌は」

呆然と椿の残像を眺めていると、辰治に肘で軽く小突かれ我に返る。
「え、どねぇて、素晴らしい歌声じゃ思いました」
「そうじゃねぇ。聞いとったか？　あの歌の歌詞じゃ」
辰治は赤ら顔の中に妙に冷えた目をして酒を飲んでいる。
「わしは、ありゃぁひょっとするとお宝の在り処を示しとるんじゃねんかと思うんじゃが」
「あ……なるほど」
椿の姿と声の美しさに気を取られて、歌自体にまったく頓着《とんじゃく》していなかった。
『さても恋しい夜海島の　海の太鼓に誘われて
ワダツミの顔を見ちゃぁいかん　まん丸輝く真っ暗け
娘の涙も乾く頃　蛇様迎えに来ちゃるけぇ
笑うか泣くか倒れるか
さぁさ　嵐がきよったぞ　返しんさい　返しんさい』
思い返してみれば、よくわからない歌詞だ。ワダツミや蛇様が出てくる辺り、夜海島の信仰でも表しているのだろうか。
「先生、宝探しにえろう張り切っとったが、何ぞわかったことでもあったか」

「いや……それがまったく。ああ、けどなぁ」

銀次郎は先程亥の子唄の違いからこの島の蛇神信仰を知ったこと、そしてその蛇とは人魚に近しいものなのではないかと推理したことを語って聞かせた。

「鱗もあり、魚に近いが、陸に住み、人にも近い。僕はそれが何とのう人魚と通じるような気がするんですわ。龍と、蛇と、人魚。実在するのは蛇だけじゃろうが、この水と陸の中間におるような特徴がどれも似とるんじゃねんかと」

「へえ……さすが先生じゃ。わしはそねぇなこと思いつかんけぇ」

辰治はしきりに頷き、熱心に銀次郎の話を聞いている。

「わしは宝探しができそうな気がするぞ、先生。わしの中で何ちゅうか、見えてきたような気がするんじゃ」

「えっ……、ほ、ほんまですか」

「じゃが、まだ確証がない。これから確かめてみるけぇ、先生にも後で教えちゃるけんな」

辰治は興奮しているのか少し声が大きくなっている。

視線を感じてハッと顔を上げると、青黒い顔色のでっぷりとした男が、座敷の奥から湿った目でこちらを睨みつけていた。

＊＊＊

「んっ、んぅぅ、ふぅ、ふぅ、んぅ」

椿は夢中で潮の太い魔羅を吸っている。

喉の奥まで含んでも全長を呑み込めない長さ、椿の指では回りきらない太さ。猛々しい血管の浮いた根元を掴み、濃い叢《くさむら》をまさぐりながら、潮の体臭を胸いっぱいに吸って貪欲にしゃぶり続ける。

「うっ、うぅ、椿様、もう……」

潮の切なげな声を聞き、椿は激しく頭を動かし、唇を強くすぼめてきつく吸い上げた。

すると潮の逞しい腹筋は大きく蠢き、椿の喉に濃厚な精を放出する。

「んっ、んっ……んぅ……」

椿は陶然としてそれをすべて飲み下した。潮の味だ。旨くはないが、美味い。愛おしい男のものなら何もかもが美味である。

一度放った後も隆々と反り返り、唾液でぬらぬらと濡れたそれはまさしく漆黒の蛇である。椿はうっとりとして女陰を潤す。潮を口にしている間すでにそこは太腿を伝うほどにあふれている。

潮は力強く椿の青臭い口を吸い、白く柔らかな乳房に指を食い込ませる。しこった乳頭をめり込ませるようにこね回しながら、潮は熱心に椿の唇を、舌を味わった。

椿は座ったままの潮の屹立の上に裾をからげて腰を下ろし、ずぶ濡れの女陰に極太の男根をぐちゅりぐちゅりと呑み込ませてゆく。

「はぁ……はぉぉ……お、あ……あぁ、ええわ……あぁあ……」

我慢がきかず一気にずんと奥まで食らえば、巨大な亀頭のめり込む感覚にぶるぶると震え、すぐ絶頂に達してしまう。

「く、ぅ……椿様……椿様のお声で、もう、出てしまいそうじゃ……」

「ふふ……わしが歌うている間、ここを膨らませとったんじゃものなぁ」

椿が皆の前で歌を披露し離れに戻る間、潮が歩きづらそうにしていたのには気づいていた。こんなにも毎晩交わっているというのに、飽きもせずに反応してしまう潮が愛おしい。

「椿様の歌は気持ちええ……聞いておると、心が海に攫われる……」

「海に攫われると、ここが膨らんでしまうんか？」

ゆっくりと上下しながら、その大きさに甘美な快感を味わいつつ、椿は潮をからかう。

「よう海は女のようじゃと言うもんなぁ。命が生まれる場所じゃけぇ、そねぇな風に言う

のかもしれん……そうすると海は子壺じゃな。女の腹にある子壺じゃ」

　揺れる乳房を力強く揉み、乳頭を舌先でなぶったり口に含んで吸ったりしながら、潮は男根を硬く反り返らせ、うっとりと椿を抱き締める。

「俺は、二度も海で死にかけたけぇ、海で生まれたんと同じじゃ……椿様のここから生まれたようなもんじゃゃ……」

　ここ、と言いながら潮は椿の子壺の入り口を重く突き上げる。最も敏感なその場所をずんずんと押し上げられると、椿はすぐに何もわからなくなってしまう。

「おっ、あう、あ、は、あ、それで、帰りとうて、こねぇに奥を、突くんか?」

「そうじゃ、そうじゃ……なるべく奥深くまで……椿様の子壺に戻りてぇ……」

　潮は椿を抱き締めたまま布団の上に倒れ、脚を抱え上げ、やたらめったらにじゅぼじゅぼと最奥を立て続けに攻撃する。

「んっ！　んぅ、うう、ふ、あう、あ、あぁあ、あああああ」

　猛烈な快楽の嵐に、椿は宙に持ち上げられた足袋のつま先をビクビクと激しく痙攣させ、目を白くして絶頂に飛んだ。どっぷりと蜜が溢れ、狭い肉壁をぐじゅぐじゅに粘つかせ、巨大な男根が激しい勢いで潤んだ媚肉を捲り上げてゆく。

「ううう、うあ、はあぁ、はおぉ、お、あ、ええ、えぇぇ、あ、ああ」

「ふぅ、うぅ、う、椿様ぁ、椿様ぁ」

獣のようにただ快楽を貪るひととき。椿は女の快楽を知り尽くし、男の旨味を味わい尽くし、真のみだらな女となった。もっと入れて、もっと深く、もっと突いてとあられもない声を上げ、嗜みの欠片もない有様で乱れた束髪を打ち振って悶え抜く。

硬く弾力のある潮の筋肉に爪を立て、柔らかな腹の奥にもっと硬い杭を打ち込んで欲しいと脚を開く。貪欲に快感を求めて腰を振り、女陰を搾り、みだらな体液を噴きこぼしては甲高い嬌声を上げる。

何度しても飽きない。たまらない。もっと欲しい。もっとたくさん欲しい。潮が。潮のこれが。潮の匂いに包まれ、潮の体温に抱かれ、潮の肉体に犯されたい。

「あぁ、うう、う、もう、おえん、おえん、椿様」

「出してぇ、中に、奥に出してぇ」

近頃では精を外にも出させない。子ができてもいい。むしろそうなりたい。

椿の縁談はまだ幾度もやってくる。そんなものにはうんざりしているので、もう潮の種を孕んでしまいたい。

（わしは潮の女じゃ……潮はわしの男じゃ……それで許されんのなら、妻《つま》と夫《つま》になる……そうならんと一緒におれんのなら、わしらは夫婦じゃ）

「ううっ、う、あ、ああ、あ、椿、様っ」

「ん、う、う、ああ、あ、潮、潮」

潮は低く唸って、ずんずんと大きく突き入れながらどっぷりと精を放出する。あまりに大量なのでそれはぶぽっと音を立てて女陰の外にもあふれて飛び散る。二度目の吐精だというのに、量も濃厚さも衰えない。

椿は潮の精の感触をうっとりと受け止めながら、軽く達して弓なりに仰け反った。

「はぁ……あぁ……潮の子種じゃ……潮がわしの中に帰ってきよった……」

「何度も何度も帰りてぇ……ほとんどあふれ出てしまうけん、足りん……何度もやらにゃぁおえん……」

潮は椿の乳房をゆるりと両手で揉み合わせながら恍惚として接吻を繰り返す。そうする内に再び魔羅は猛々しく膨張し、椿の子壺を愛おしげに小突く。度重なる絶頂にヒクついているそこは潮の男根に押し潰されるたびに狂喜し、一層法悦の戦慄《わなな》きを示すのである。

「あぁ……ああぁ……潮……あぁ、ええ、ええよ……もっと……」

「ふぅ、うぅ、ああ、極楽じゃ……椿様の海は極楽じゃけぇ……」

大きく脚を開いた椿の上で獰猛に揺れ動く潮。毎夜繰り返す毎に交合の旨味は増し、椿の官能も深くなっている。元々自分の中にあった炎が潮の愛撫でごうと燃え上がり、何度交わってもまるで鎮火しない。繋がるたびに炎の勢いは強くなる。それは潮も呑み込んで二人を火だるまにする。

　時間を忘れて互いを貪り尽くした後、ようやっと二人は会話をする。欲が先立って動物になってしまうのだ。それをぶつけ合い、散らした後でないと理性的になれぬのだった。

「今日は宴じゃというに、兄様は何ぞ愚痴愚痴言うとったわ」

「大漁はめでてぇことなんじゃろう。何が不満じゃ」

「何や堂元家に伝わる家宝の在り処をな……代々当主のみがそれを守り、受け継いでゆくもんらしいんじゃが、父様が伝える前におかしゅうなってしもうて、未だに知らんのじゃと……」

　話には聞いたことがあったが、代々当主のみということで椿はその家宝が何なのかも、その場所も確とは知らない。

　潮は透き通るような青みがかった目をして椿をふしぎそうに見つめている。

「しゃぁけど、なんぼこの屋敷が広いちゅうても、このどこかにあるんじゃろう。そねぇに見つけるんは難儀なんじゃろうか」

「屋敷の中じゃないかもしれんけぇ。この島のどこかちゅう話になれば、一気に難しゅうなるじゃろ。こんまい島いうてもなぁ、山もありゃぁ森もある。海まで広がれば洞窟だの何だのときりがねぇ」

「しゃぁけど、堂元家のお宝なんじゃ。屋敷の近くにあるじゃろう」

「さあなぁ……探してみるか？　潮」

椿はいたずらっぽい目で潮を見る。

「わしらが兄様より先に見つけてしまえば、面白いことになるわ」

「それはさすがに気の毒な気がするがのう……」

「ははは。お前は兄様に殺されかけたちゅうのに、優しいのう」

笑いながら、今宵の宴を思い返す。久しぶりに明るい空気に満ちていた。椿は宴の騒がしさが嫌いではない。普段の陰鬱で、内に籠もったような暗い人々の顔つきが、瀬戸内の蒼天のように晴れ晴れとしていた。雨もほとんどない、年中暖かな陽気の注ぐこの島に、ようやく似つかわしい笑顔があふれるひとときなのだ。

「何でも、村の者らが宝のことを話しよっとったらしいわ」

「村の者が……？　しゃぁけど、そりゃぁ堂元家の当主しか知らん家宝なんじゃろ」

「それがのう、時々島の外からも何や夜海島のお宝探しちゅうて来よることがあるらしい。堂元家の者はわしらの家宝じゃ言うとるが、どこからどう漏れたんか、それは島の隠されたお宝じゃちゅう話になっとるらしいで。兄様はそれを実際耳にして気が立っとった。何しろ、自分だけが知っとるはずのもんを、村の者やよそ者が先に見つけてしもうたら、そりゃぁえらいことになってしまうけんな」

「椿様は、お宝が欲しいんか」

潮は穏やかな声で椿に問うた。

きっと女主人が欲しいと言えば、潮は草の根を分けてでも探し出そうとするのだろう。

「いいや、いらん。お宝は今胸の中にあるけぇ」

そう言って椿は潮の硬い黒髪に頬ずりする。今己の乳房の中に顔を埋め、澄み切った眼差しで自分を見つめているこの男こそ、得難い宝だ。他の何ものにも代えられない。

二人はそれから他愛もない話をぽつぽつと交わし、眠りにつく。正確には、椿が眠ると、潮はそっと寝床を抜けて自分の部屋に戻った。朝は女中が起こしにやって来るので、さすがにずっと同じ部屋にはいられない。

すでに関係は知れ渡っているはずだが、椿はまだそこまでのふてぶてしさは持てなかった。同じ部屋で朝を迎えるのは、夫婦となった後と決めている。

潮を早く部屋に返してやるために狸寝入りをする必要はなかった。度重なる交わりと数え切れぬ深い絶頂のために、いつでも椿は気絶するように眠りに落ちてしまうからだ。

宝の話は、二人の間ではこれきりだった。

ただの雑談にしか過ぎず、椿は堂元家の宝にはさほど興味がなかったのだ。

しかし、それは後に思わぬ重大さを伴って椿の耳に届くことになる。

宝を探しに行くと言って行方知れずになった漁師が、その数日後、死体となって浜に上がったのだ。

宝

やはり、お宝は呪われとるんじゃ。

盗もうとすれば死ぬ。辰治はそれで死んでしもうたんじゃ。

村のあちこちでそんな話が囁かれるようになった。月琴を教えている村娘からも、たまに用事で外を出歩く際にも、島中がこの話で持ちきりだった。

(お宝……堂元家のお宝が、ほんまに呪われとるちゅうんか)

それならば、なぜ堂元家の当主たちはすぐさま呪われて死ななかったのか。父の錦蔵は五十五という比較的若い歳に病で亡くなったが、代々の当主が皆短命というわけでもない。

椿はあちこちで吹聴されるその噂話が不快だった。堂元家以外の場所では、その宝は『人魚の不老不死の薬』だとして、大昔にこの島に住んでいた海賊が隠したものとされている。

けれど椿の家では家のものとして扱われていたし、自分には直接関係ないこととはいえ、椿もずっとそう信じて育ってきた。

だから椿にしてみると、その宝探しに行くと言って死んでしまった辰治は盗人なのである。死んでしまうほどの罪ではないが、それを宝の呪いのせいだと言われてしまうのも何やら業腹であった。

十月も半ばになってようやく暑さは和らいできた。椿は神社に奉納するための供え物を風呂敷に包み、女中のおたねを連れて屋敷を出た。

赤鳥居を頂に抱いた石段を上りかけたところ、「椿様！」と呼ぶ声があった。

振り向いてみれば、到底漁師には見えぬ貧相な体軀の青年が、息を切らせて駆け寄って来るところであった。思わず怪訝な顔で見つめていると、走り慣れていないとみえる男はゼイゼイと大きく息をして、縋りつくように椿を見つめた。

やや神経質そうな顔つきだが、粗暴な漁師と違い目には知性の光がある。目が丸く童顔で、細くまっすぐな手足も相まって、恐らく二十代半ばだろうがまるで十五ほどの少年のようにも見える。

「椿様……お願いです、宝の在り処を教えてください」

「……宝？」

椿の胸の内で苛立ちが騒ぐ。

「何のことです。宝とは」

「椿様は、先の宴の夜に歌を歌うとったでしょう。あの歌の意味を、辰治が気づいたんです。それで、あいつは宝探しに行ってしもうて……」

どうやらこの男は死んだ漁師の友人のようだ。しかし、漁師でないのは見ればわかる。とすると、死んだ辰治という男が懇意にしていたという、同時期に夜海島へやって来た教師だろうか。

しかし、妙なことを聞く。宴で歌っていた歌の意味に辰治が気づいたとは、何のことだろう。

「歌は歌いましたが、意味とは何です。わしは、何度もあれを歌うとりますが……」

「歌の意味です！　歌詞です！　辰治はそこに、宝の在り処が隠されとると確信したんです！　人魚の不老不死の秘薬が隠されとると……それで、死んでしもうた……」

椿は困惑しおたねと顔を見合わせる。歌詞とは言っても、何も考えずに歌っていたものである。幼い頃から島に伝わる歌だ。それと宝と何の関係があるのか。

「すみませんけど、わかりません。わしは何も知りませんけぇ」

「し、しゃぁけど、歌うとったのは椿様じゃ。何か気づいとるでしょう。何か……」

「何を言うとるんか……」

「教えてください！　頼みます！　あの歌の意味を……後生ですけぇ……」

男は必死で椿の銘仙の袖に縋ってきた。きゃあ、と横のおたねが悲鳴を上げる。

潮以外の男を決して側に近寄らせなかった椿である。瞬間的な憤りに駆られ、激しく男の腕を振りほどいた。

「放せ。わしに触るな」

思わず感情をあらわにし男を睨み据える。

すると、男は雷に打たれたかのようにビクリと震え、まるで叱られた子どものように小さくなり、黙り込んでしまった。

このようなことはこれまで何度も経験している。椿が一喝したり睨んだりすると、どんなに体の大きな男でも必ず一瞬、凍りついたように硬直するのだ。

完全に気圧されて青白くなった男を哀れに思い、椿はふと視線を和らげる。

「あなたがご友人を想う心持ちはようわかります。しゃぁけど、わしはほんまに何も知らんのです」

「あ……そ……そうですか……」

男は声を上ずらせ、気の毒なほど怯えている。椿は友人をなくしたこの男が何をしているのか、にわかに気になり出した。

「あなた、先月あたりにここへ来た小学校の先生でしょう」

「え……は、はい。そうです」

「名は何というのです」

男は椿に名前を聞かれたことがよほどの驚きだったのか、目を丸くしてしばし言葉を失っている。

「あ……、ぼ、僕は、東野、銀次郎です」

「東野先生か」

名前というものはふしぎだ。それを知る前と後とでは、まるで印象が違う。得体のしれない奇妙な男が、思い立ったら動かずにいられないが気の弱い東野先生に変わる。

「東野先生、ご友人は気の毒じゃったが、あなたまで何か危険を冒して宝などというものを探すのはやめんさい。どうせ大した値打ちのないもんじゃ。実際にあるかどうかもわからんけぇ」

「し、しかし……それじゃ、辰治はなぜ」

「わからん。誰にもわからん。検死じゃぁ溺れ死んだちゅうことじゃから、少なくとも海に囲まれたこの島じゃ別段珍しくないもんじゃ。呪いちゅうたら、そねぇな普通の死に方じゃないでしょう」

銀次郎は俯《うつむ》き、そうかもしれません、と口の中で呟いた。

「この島は田舎で迷信深い。学もないもんがほとんどじゃ。それがよそから来た知識階級であるあんたまで噂に踊らされてどねぇする。もっと冷静になりんさい。あんたはそういう役目のお人じゃろう」

椿の言葉に、銀次郎は痩せた顔にはっと朱を走らせ縮こまった。いたたまれなくなったように「すみません」と深々と頭を下げ、男はよろめきながら去って行った。

一緒にいたおたねはかんかんになって怒っている。何ちゅう無礼な男でしょう、やはりよそ者はこれだからとひとしきり捲し立てていたが、椿は適当に相槌《あいづち》を打ちながら銀次郎の言っていたことを考えていた。

(お宝の在り処、か……)

死んだ漁師はどうやら椿の歌う歌を聞いて宝の場所を思いついたらしい。

しかし、あの歌はいつ誰が作ったかもわからない島の歌だ。そんなものはいくつもあって、誰も歌詞の意味など真剣に考えたりはしない。

だが、辰治が実際に閃《ひらめ》いたその場所が正確であった場合、彼は宝を探し当てた後で死んだことになる。

（しゃぁけど、辰治が宝を見つけたかどうかは誰にもわからん。宝を探しに行くちゅうていなくなった後、ただ事故で死んでしもうたかもしれんじゃねんか）

例えばそれが海の中にあるのだと閃いて、無理をして潜ってそのまま溺れてしまったかもしれない。もしくは、山の中にあると考え、崖で足を滑らせそのまま海に落ちてしまったのかもしれない。

可能性はいくつもある。それなのに、村人たちは宝の呪いだとまことしやかに噂しているのだ。堂元家の当主たちは、代々それを守り抜いてきたというのに。

（もしも……それがほんまに堂元家当主しか知らんもので、ずっと守られてきたものなんじゃとしたら……わしは、知っとるかもしれん……）

椿の胸の中にだけ、ひっそりと閉じ込められたある事実がある。

けれど、椿はまだ父の錦蔵が自力で歩くことができたとき、時折真夜中にどこかを訪れることを知っていたのだ。

興味もなく、追究しようともしなかった。

最後まで見届けはしなかった。あの辺り、という曖昧なところまでしかわからない。

けれど、そのどこかへ行き戻って来た錦蔵は、決まって愛妾との思い出のある離れに来て泣いていた。だから椿は、父が母の思い出をどこかに隠し、それを愛でに行っているのだろうと思っていた。

（もしもそれが代々当主しか知らん宝の場所と同じじゃったら、やはり誰もその在り処を知ることはできん。隠したいものがあるんじゃとすれば、格好の場所じゃ）

それは今思いついたことで、昔からそう考えていたわけではない。椿にとって宝はどうでもよく、父がどこへ忍んで行っているのかもあまり興味がなかった。

しかし、今宝がどうの呪いがどうのと言われており、しかも椿の歌った歌に何か隠されたものがあるのではと考えられているのだとしたら、いっそ宝の場所を明らかにしてしまった方がよいのではないか。

（兄様に……相談してみるか……？）

本来ならば宝の在り処を唯一把握し、そこを守る立場の兄である。だが、椿の兄への不信感と嫌悪感は、媚薬を飲まされ襲われたあの夜以来、如何ともし難いほどに大きなものになっている。自分の心当たりのある場所など教えたくもなかった。兄の利益になるようなことは何ひとつしたくなかったのだ。たとえそれが家のためになることだとしても。

（とすれば……信頼できるのは潮だけじゃ。家の誰に話しても兄様に筒抜けになるし、島中に知れ渡る）

行雄が潮を殺そうとしたことでさえあっという間に広まってしまったほどである。この島には自分の胸の内以外に秘密をしまっておける場所などないのだ。椿にとっては、潮が唯一何でも打ち明けられる相手である。

（人魚の秘薬……不老不死、か……）

もしもそれが本当なのだとしたら、潮にも心当たりがあるかもしれない。海から二度生き返った潮ならば。

椿は胸の内で秘かに人魚の姿を思い描いた。それはお伽噺と同じように美しいものなのだろうか。それとも、椿の知っているものなのか。

「おぉ……蛇様、蛇様じゃ」

喘ぐような呟きに振り向くと、おトヨ婆さんが頭を低く垂れ、椿に手を合わせている。

「ありがたや、ありがたや……」

「……おトヨさん。わしは蛇様やない」

訂正しても、おトヨはありがたやありがたや、と歯のない口でもごもごと繰り返すばかりだ。

いつからだろうか。おトヨがこんな風に椿を『蛇様』と呼び拝むようになったのは。自分だけでなく、潮にも会う度拝んでいる。

「あの蛇婆、ほんまにおかしゅうなってしもて、気味が悪いですねぇ」

おたねは椿が外出する度に待ち構えて拝んで行くおトヨを嫌っている。

「あの婆さん、岡山から嫁いできたらしいですけど、実家がトウビョウ憑きだったちゅう話ですよ」

「トウビョウ憑き？　ほんまか」

「ええ。家を出てこん島に嫁いだんでトウビョウ様は置いてきたちゅう話ですけど、そのせいかふしぎな力があって昔は失せ物探しやら何やらしよったんですって。なかなか評判だったらしいですわ。うちの婆様が言っとりました」

トウビョウは人を祟る蛇だが、家に憑きその家を裕福にしたり様々な力を与えるとも言われている。その家ではトウビョウを大切に扱い、壺などに入れて面倒を見る。だが粗末に扱えば、トウビョウはその家を祟るのだ。

「トウビョウ憑きの家で育ったもんで、蛇神様も人並み以上に大切にするんじゃと婆様は言っとりましたけんど、わしはどうも嫌ですわ。第一、ボケてしもたとはいえ、何で椿様が蛇様なんじゃ」

「さあ……わしがよそ者じゃけぇ、そねぇな風に見えるんじゃねんか。島の異物じゃけぇ」

「椿様はこの島で生まれ育ちなすったのに、何でよそ者なんです」

椿の自虐的な言葉を、おたねは必死で打ち消す。

「きっと椿様があんまり美しいもんで、自分の崇める蛇様じゃと思うとるんですわ」

「ふふ。そうじゃったらええけどなぁ」

自分と潮に共通するのは、島の人々に『よそ者』と扱われている点しかない。おトヨがなぜそれを蛇様と思ったかはわからぬが、人でありながら神様のように拝まれるのはさすがに妙な心持ちがした。


今宵は妙に疲れている。

あの必死に縋りついてきた教師の男と、おトヨ。少し屋敷の外に出るだけで、何かしら面倒なことがある。

「どねぇした、ため息ばぁついて」

夕餉の席で行雄が珍しく椿を気遣う。あの媚薬の事件以来、行雄は潮を恐れて椿には滅多に声をかけなくなった。

「いや……綿津見様に行く途中、おトヨさんがな」

「ああ、あの蛇婆さんか。お前まだ拝まれとるんじゃな」

狭い島のことなので、おトヨのことも誰もが知っている。椿が幼い頃からおトヨの拝み癖はあったので行雄も目の当たりにしたことがあるのだ。

「あん人はいつからおかしゅうなったんじゃ」

「さあなあ。随分前じゃで。まだおしずさんがいた時分にも妙じゃった。何しろあん人のことも拝んどったからのう」

「……母様にも？」

やはり、よそ者は蛇様と認識するのか。しかし、よそ者といえばあの教師とてそうではないか。島の者らは大体島民同士の縁組とはいえ、中にはよそから来る者も僅かにある。そういった者はおトヨ婆さんは拝まない。よそ者というだけではないのか。

（わしと、母様と、潮だけ……）

ボケてしまった老婆の行動を意識するだけ無駄なのかもしれない。けれど、実家がトウビョウ憑きだったというのがどうも気になる。そこの家に生まれた者は何かしら特別な力があるのだ。

「しかし、面倒なことになっとるのう。こねぇに宝の呪いじゃと言われてはご先祖様にも申し訳が立たん」

行雄はぶつぶつと文句を垂れる。ここのところ毎日当主に伝わる宝の在り処を探しているらしいが、一向に見つからないようだ。

村人の中にも、あの教師のように宝を探そうとする者があるかもしれない。しかし迷信深い村人たちは、辰治が宝の呪いで殺されたと思っているので、多くは恐れて縮こまっているだけだろう。宝探しをするのはよそ者か、呪いなどではないと知っている堂元家の者だけだ。

「兄様。父様はほんまに何も言い残さんかったんか」

「何にも言っとらん。村人の方が詳しいんじゃねんか。宝の内容も皆は人魚の不老不死の薬じゃなんじゃ言うとるが、親父はそれについても何も言わんかった」

「何や古文書なんぞ残されたりはしとらんのかのう」

「とっくに探したわ。しゃぁけどなぁんもねぇ。徹底的に口で伝えられとったんじゃろ。親父がやちもねぇ女におかしゅうされて、ぜぇんぶパァじゃ」

行雄は本当に何も知らないようだ。これでは兄に任せていてもその場所は見つからないだろう。いくらか見当のついている自分の方がまだマシである。

（そうじゃ。あの教師は歌がどうのこうのと言っとった。歌詞に秘密が隠されとると……）

死んだ漁師はその歌詞で宝の在り処を見つけたのだという。しかし、この誰が作ったかもわからない、島の誰もが知っているような歌にそんな重要なものが隠されているのだとしたら、それこそ罠なのではないか。漁師はその罠にかかって死んでしまったのではないだろうか。

『さても恋しい夜海島の　海の太鼓に誘われて
ワダツミの顔を見ちゃぁいかん　まん丸輝く真っ暗け
娘の涙も乾く頃　蛇様迎えに来ちゃるけぇ
笑うか泣くか倒れるか
さぁさ　嵐がきよったぞ　返しんさい　返しんさい』

歌詞を思い浮かべてみるが、椿には何も思い浮かばない。おトヨのことがあったので蛇様という単語に多少嫌な引っ掛かりがあるだけだ。

（蛇様が迎えに……蛇塚のこと？　まさか蛇塚がお宝の在り処じゃあるまいし……それこそ蛇塚を掃除してばぁのおトヨさんが見つけそうなもんじゃ）

ワダツミの顔を見てはならないというのは、やはり綿津見神社か。神様を見てはいけないとはこれも奇妙である。もちろん尊い存在の顔を真正面から見るというのは、昔から失礼にあたることではあるけれど。

そのとき、はたと思い当たる。

（……真正面……綿津見神社の正面ではなく、裏……？）

ふと、真夜中にこっそりと屋敷を抜け出す錦蔵の足取りと、その綿津見神社の裏手という言葉が繋がる。神社は島の最も高い位置に立っているが、背後はほぼ切り立った崖のようになり、裏手はごつごつとした岩ばかりが突き出した岩礁だ。宝があんな場所にあるというのだろうか。

（父様は間違いなくその方向へ向かっていった……人に見つかるとおえんと何の照明も持たず……）

もしかすると、この歌は本当に宝の隠し場所を示しているのかもしれない。ひとつ確かなことが浮かび上がってくると、他の言葉も妙に何かを意味しているように思えて、椿は一瞬寒気を覚えた。

夕食を終え、風呂に浸かり、部屋に戻った後も椿は考えることをやめられない。横にもなれずに布団の上に座って首を傾げ、ああでもないこうでもないと考えを巡らせる。

「椿様……どねぇした」

いつの間にか部屋に滑り込んでいた潮が、後ろから椿の体を抱き締める。

「布団に入らんと、せっかく温まった体が冷えてしまうじゃろ」

「うん……考え事を、しとったから」

潮の男の香りに包まれ、椿の考え事はすぐに有耶無耶《うやむや》になる。浴衣を肩から落とされ、つんと張り出した乳房を後ろから両手で揉まれる。

潮の大きな乾いた手に揉まれ様々に形を変える柔らかで豊かな肉。乳房に張り付くような手の平、食い込むほど力のこもった指先に潮の欲望を感じて、すぐにうっすらと発情の汗が皮膚に浮かび、腰を蠢かすと股がくちゅりと音を立てる。

「宝の在り処を、な……わしが宴の夜に歌うた歌で、勘づいたもんがおるんじゃと……」

「あの歌……？　宝の隠し場所なんぞ歌うとったんか」

「わからん。考えとったけど……あり得るかもしれん……今わかったんは、ワダツミの裏の、……」

説明する前に唇を塞がれる。後ろから獰猛にかぶりつかれ、太い舌をねじ込まれて口内を舐め回される。息苦しさに体をよじると、そのまま抱きすくめられ押し倒される。その手は性急に椿の女陰を探り、張り切ったものはすぐにでも押し入らんとその刀身で下腹部を撫でている。

今夜の潮は妙に強引な気配があった。どこか怒りを孕んだような熱い空気がまとわりつき、椿の体をまさぐる手つきもいつもより乱暴だ。

「潮……どねぇした」

「何が」

「怒っとるじゃろが……何かあったんか」

椿に覆いかぶさった潮は赤銅色の顔を歪めた。

「椿様……あの教師と話したそうじゃねんか」

「ああ……わしに、歌のことを聞いてきよったから……」

同行したおたねが他の者にも話したのだろう。それが潮にまで伝わったらしい。まったく話の回るのが早い。

「何じゃ。まさか、わしがあの男と話しただけで怒っとるんか」

「あいつの名も聞いたと」

「……名を知らんと会話ができん。あの先生には初めて会うたけぇ」

「そねぇなもん、必要なかろう……！」

押し殺した声で潮が必死に訴える。

「椿様が俺の名前以外を呼ぶんは嫌じゃ。他の男の名を呼んでほしゅうない」

「潮……」

「他の男を見ちゃぁおえん。他の男の名を呼んでもおえん。言葉も交わさんで欲しい。椿様は俺だけ見とって欲しい」

子どものようなわがままだった。これまで潮がこんな要求をしてきたことはなかった。

いつでも椿のために行動し、椿のためだけに怒り、悲しみ、笑っていた。

けれど、潮は初めて独占欲をあらわにした。自分だけを見て欲しいと無理な願いを椿に押しつけている。

「それじゃあ、お前も他の女と言葉を交わさんでおれるんか」

潮は強く頷く。

「見もせんで、名前も呼ばんか。そねぇな風にしておっては、何の仕事もできなかろう」

「しゃぁけど、椿様がそうしてくれるんじゃったら、俺も必ずそうする。俺は約束は絶対に守る」

子どものように単純な情熱である。椿を見つめる潮の目は透き通っている。本当に自分がそうできるのだと信じている。

「潮……お前は、アホじゃなぁ」

椿は潮の頬を両手で包み、思わず微笑んだ。

「無理じゃ。そねぇなことはできん。この世界に生きとるんがわしらだけじゃったら可能じゃが、他に色んな人間がおって、そん人らと言葉を交わしてわしらは生きていかにゃぁおえん。お前の言うことは、しとうてもできん」

「……嫌じゃ……俺は、椿様が他の男と話すのんが、ほんまに嫌なんじゃ……」

「ああ。わかっとる」

駄々をこねる潮が可愛らしい。こんなどうしようもないことを言うような性格だとは思わなかった。周りが犬、犬と言うので、椿自身も潮を従順な犬と思うようになってしまっていたのだろうか。

潮はそれほど深くものを考えない、真っすぐで朴訥な青年だ。出会った頃からそうだった。その気性のために、強い執着を持てばそれすらも真っ直ぐにぶつけてくるのだろう。その正直さが愚かしくもあり、愛おしい。

「なるべく話さんようにするから安心せぇ……。それに誰と話しておっても、潮は特別じゃ。わしにとって潮はもう夫同然じゃからな」

「ほんまか？　俺は椿様の特別か？」

「当たり前じゃ……こねぇなことしとっても、まだ信じられんのか」

浴衣ははだけ帯はしどけなく腰にまとわりついたままの状態で、布団の上で抱き合っている。もう何度も交わり夫婦も同然と語らっているというのに、なぜこの状況が特別でないなどと思えるのだろう。

潮は興奮のために潤んだ瞳でじっと椿を見つめる。美しい目の色だ。闇の中に、深い海のような青が揺らぐ。

「椿様は、綺麗じゃ。誰より美しい。誰よりも賢い。男も、椿様さえその気になりゃぁ選び放題じゃろう。俺など、自分のことすらわからん何の価値もねぇ男じゃ」

「何を言っとる。わしが男どもに何と言われとるかお前もよう知っとるじゃろ」

違う、違うと潮は頑是《がんぜ》ない子どものようにかぶりを振る。

「ああ、俺は知っとる。知っとるのは椿様が思うとるのとは違うことじゃ。あいつらは椿様にむごいことを言う。信じられんほど悪しざまに罵《ののし》る。しゃぁけど、俺は知っとる。それは、あいつらには椿様が永遠に手に入らんからじゃ。誰もが欲しくてたまらんのに、絶対に手が届かんからじゃ。じゃから、唯一罵れる母親のことで悪う言って憂さ晴らししとる。椿様は、この島にはあんまり眩しい存在じゃけぇ、皆それを打ち消さにゃぁやっとれんのじゃ」

溜まっていたものを吐き出すかのように潮は捲し立てる。潮が男たちをそんな風に考えていたとは露ほども思わず、椿は呆気にとられた。

「じゃから、俺はいつでも不安じゃった……椿様は自分が誰も彼もから嫌われとると思うとるが、そうでないと知ったら、俺なんぞ捨ててしまうんじゃねんかと……」

「何を言うとるんじゃ……このアホウ」

思わず何度もアホと言ってしまう。どうしてこう潮は自分に自信がないのだろうか。どうして自分を信じられないのだろうか。

「お前を捨てるはずがなかろう……お前を拾うて名をつけたんはわしじゃ。お前はわしのもんじゃ。絶対に手放さん」

「それでも、俺はきょうてぇ……椿様が眩し過ぎてきょうてぇんじゃ」

潮は椿を息が止まるほど強く掻き抱き、震えながら深呼吸をする。

「俺は椿様のもんじゃが、椿様は俺だけのもんじゃねぇ……それがぼっけぇ不安なんじゃ」

堂々巡りだった。今の潮はどんな言葉でも懐柔できそうにない。

潮は椿の舌を吸いながら、獰猛な蛇を捻じ入れた。恐ろしいほどの太さに拡げられる鮮烈な快感が椿の四肢を痙攣させる。

「は、うぅ……潮……」

「椿様など……俺の下でずっと喘いでおればいいのに……どこにも行かんで……誰も見んで……俺だけの可愛い椿様でおればいいのに……」

潜り込んだ極太の男根はみっちりと椿の中を満たし、熟れて疼くぬかるんだ粘膜をめちゃくちゃに捲り上げる。

「うんっ！　んぅ、うぅっ！　あ、はぁ、あ、う、潮、そねぇに、あ、あぅっ、あぉ、あ、あうぅ」

「はぁ、はぁ、椿様……椿様……」

嵐のように潮は動いた。椿の四肢をがんじがらめに固め、押さえつけるようにしてずんずんと凶暴な槌を打ちつけた。

(腹が、あ……腹の奥が、おかしゅうなる……)

容赦ない突き上げに、椿の頭は真っ白になり、叫びながら絶頂に飛んだ。快感の神経の集中した敏感で柔らかな子壺の入り口を死ぬほど抉られ、快楽の蜜はひっきりなしにあふれ、ぐちゃぐちゃじゅぼじゅぼと無残な音を響かせる。

潮の分厚い胸板に潰された椿の乳房は乳頭が柔肉にめり込み激しい動きに盛んに擦られて、硬くしこって甘い甘い快感を下腹部に滴らせる。女陰は巨大な蛇に貫かれ餅を搗くように深々と抜き差しが繰り返される。今にも爆発しそうに猛った魔羅は荒れ狂う大波のように椿を法悦の最果てまで押し流す。

全身が悲鳴を上げるほどの官能に、椿は涎を垂らして我を失いよがり抜いた。

その夜の潮はまるで種馬の仕事に勤しんでいるようであった。ひたすら熱心に腰を振り、幾度も幾度も椿の最奥でたっぷりと腎水《じんすい》をこぼした。

その黙々とした作業めいた動きに、椿は快楽地獄の中で前後不覚になりながら、内心ヒヤリとするような思いがした。そこに明確な潮の意志を感じていたからだ。

「早う……孕んで欲しい……俺の子を、椿様の子壺で育てて欲しい……」

うわ言のように呟きながら、椿の体をがっしりと押さえ込み、深々と挿入したまま、確実に子壺に注がれるようにとどぷどぷと濃厚な精を噴きつける。

「孕んだら……そねぇに外には出られんじゃろ……この座敷で俺と一緒にずっとおるんじゃ……子が生まれたら三人で……あぁ、早うそねぇな日が来て欲しいのぅ」

「潮……あぁ、あ、潮……」

子を孕まずとも自分はとうにお前への欲深い執着を孕んでいるというのに——そう口にする前に、言葉はすべて潮の唇に塞がれた。まるで椿に何も言わせぬよう封印をするように、潮は延々と腰を振り、延々と口を吸い続けた。

潮の巨大な男根から放たれる精は、量も濃さも勢いも凄まじい。最奥で猛烈な勢いでぶちまけられると、まるで子宮の中が洪水になっているのがわかるかのように腹が熱くなり、椿は浅ましい声を上げて絶頂に飛んでしまう。

それでも潮は足りぬと幾度も幾度も射精し続ける。

「ひぃ……あ、あぁ、あうぅ」

「はぁ、はぁ、まだ、まだじゃ……」

「も、もう、ええ、潮……腹が、いっぱいじゃ……」

「いや、まだじゃ、まだ足りねぇ……もっと、もっと椿様の子壺に注がねば……俺のもので満たして、閉じ込めてやらねば……」

呪いのように繰り返しながら、潮は腰を振る。椿はもう何もわからなくなって逞しい大きな背中にしがみついて、声が嗄れるまで叫び続ける。

以前から子ができてもよいと中に出していたし、椿は既に互いに夫婦であるかのような絆が生まれていると思っていた。

けれど、潮は不安だったのだ。椿のどんな言葉も通じないほどに、潮は形あるものでその繋がりを確固たるものにしようとしていた。

さして抵抗せず潮の気の済むようにさせてやった椿は、とうとう最後に気を失った。もう幾度放たれたかわからぬ精液で椿の腹は満たされ、極太のものを長々と咥《くわ》え込まされた女陰はしばらく口を閉められず、ぱっくりと艶やかな肉色の襞を見せ、冷えた夜気に湯気を立てていた。

＊＊＊

瀬戸海の夕日は美しい。

大小様々の島がすべて影絵のように黒く染まり、赤々と燃える太陽がその複雑な稜線の奥に沈んでゆく。

『放せ。わしに触るな』

銀次郎の頭からはその氷の剣のような声音がずっと離れなかった。

彼女の瞳は烈々として射貫くほど鋭く銀次郎を見た。

女王の目であった。自分などは触れることも叶わぬ、生まれながらにして人を従える目であった。

椿に強い恋慕を覚えていた銀次郎は、その視線にピシャリと横っ面を叩かれたような心地になった。高貴なる人だと感じていた。その近寄りがたい美しさに焦がれていた。だからこそ、それを現実的に突きつけられて、銀次郎はどこか被虐的な快感を身の内に覚えたものだ。

翌日、銀次郎は岡山の小学校で開かれる講習会のために島を出なければならなかった。朝早くから始まるため、前日に島を出て一泊する。少しでも早く宝の謎を解きたかったのでその用事をひどく邪魔に思ったが、今宵実家に帰って、今度こそ祖父に夜海島の何を気にかけていたのかを聞き出せると気を取り直した。

(迷信か……あん人の目には、さぞかし僕は理性を欠いた滑稽《こっけい》な男に見えたことじゃろうな……）


我を失って縋りつくように椿に歌の件を問いただしてしまった自分が恥ずかしい。

何しろ、辰治の死があまりに衝撃的過ぎた。宝の場所の見当がついたと言って、その直後に行方不明になり、数日後死体となって浮かんでしまったのだから、それはもう宝の呪いのせいとしか思えなかったのだ。

実質、呪いであると噂を広めたのは、銀次郎のようなものだった。辰治が最後に言葉を交わしたのは銀次郎であり、その内容は銀次郎しか知らぬ。

辰治が死体となって海に浮かんだ日、我を失ってそのことを喚き立てたために、村人たちは呪いじゃ呪いじゃと言い始めたのだ。

（しゃあけど……やはり、僕にもそうとしか思えん。時期が合い過ぎとるし、この島をよく知っとる辰治がどうして事故で死なにゃあならん）

銀次郎と同じ日に島にやって来たとはいえ、幼少期をこの夜海島で過ごした辰治である。土地勘もあっただろうし、完全に新参者の銀次郎とは違い、ひと月過ごす内にすっかり地元のように馴染んだことだろう。そのよく知った土地で足を滑らせただのうっかり溺れただのと、そういったことは考えにくいのではないか。

船が本土へ向かう間も、銀次郎の頭はそのことばかりだった。一刻も早く何か手がかりが欲しい銀次郎は、港へ着くと真っ直ぐに実家へ向かった。

（ああ……やはり、あの島の空気は独特じゃった）

夜海島を離れてすぐに感じたが、例の腐臭が消えると何と清々しい空気が広がっていることか。ずっと島にいると気づかないが、こうして外に出てきてしまうと、あそこがどれだけ淀んだ空気に満ちていたのかを感じる。

実家の料理屋は夕食時がいちばん忙しい。

銀次郎は島で貰ったイボダイの干物と港の近くで買った餅菓子を土産に裏手の木戸をくぐる。縁側では祖父がいつものように煙管《きせる》を吸いながら胡瓜《きゅうり》もみと麦酒を楽しんでいる。

「おう、帰ったか」

孫に気づくと目を細めて自分の隣の座布団を勧める。祖父の近くにいると醤油や味噌の香りが漂う。腰の曲がった今でも時折厨房には立っているらしい。

「どうじゃ、島の暮らしは。仕事は順調か」

「うん。最初は子どもらに物珍しい目で見られたけど、すぐに慣れた。田舎じゃけぇ、皆して世話を焼いてきよる。人付き合いが肝要じゃな」

「滅多なことはせん方がええぞ。目立たんようにな。何かありゃぁやっぱりよそ者じゃちゅうて一気に村八分じゃ」

「わかっとる。どねぇな集まりでも呼ばれたら行くようにはしとるけぇ」

しばらくは島の生活や新しい環境での仕事のことなどを話していたが、祖父が一向に夜海島という固有名詞を使わないので、銀次郎はそわそわし始め、ついには思い切って自分から問うた。

「なぁ、祖父ちゃん。僕は夜海島でごく普通に暮らしとるけど、祖父ちゃんは何で夜海島と聞いて妙な顔をしよったんじゃ」

祖父はにわかに黙り込んだ。やはり話したくないようなことなのか。

しかし、ここで少しでも何がしかの情報を貰わねばならぬ。そうしょっちゅう戻って来られるわけではないし、すでに友人が一人死んでいるのだ。

「祖父ちゃん。あんな、実はきょうてぇことが起きたんじゃ。僕の友達が、島の宝を探しに行って、そのまま死んでしもうた」

祖父の痩せた肩が微かに震える。煙管の煙を吐き出す口元も僅かに強張っている。

「そん友達はな、お宝の在り処がわかったかもしれんちゅうて、いのうなった。交わした言葉はそれが最後じゃ。あいつは歌を聞いて何か思いついたようじゃった。祖父ちゃん、これがその歌じゃ。何ぞ知っとることがあるか」

銀次郎は紙に書き留めてきたものを見せた。椿の歌った歌詞を記憶を元に書き込み、それを同僚に確認してもらったものだ。

祖父はそれをチラと見て、深々とため息をついた。

「宝探しなんぞ……やちもねぇこととしよって……」

「祖父ちゃんかて好きじゃろうが。島にお宝があるかもしれん伝説があったら、そりゃぁ探しとうなるじゃろうが」

「そらそうじゃ。しゃぁけど、あん島でだけはおえん。夜海島での宝探しは……絶対にしちゃぁおえん」

いつも落ち着いており感情を乱したことのない祖父の声が戦慄いている。これは尋常ではない。

銀次郎は息を呑んだ。やはり、何か恐ろしいことを知っているのだ。

「一体何を知っとるんじゃ、祖父ちゃん」

「ええか、銀次郎。あん島はなぁ……祟られとるんじゃ」

煙管の灰を煙草盆に落とし、老人は重々しい口を開く。

「トウビョウ様よりもぼっけぇ祟りじゃ。トウビョウ様は大切に崇めりゃぁその家に福をもたらす。じゃが、粗末にすりゃぁきょうてぇことが起きる。……夜海島の宝の在り処を探った者にゃぁ、不幸が起きるんじゃ。あそこに入ったもんは……誰一人、生き残らん」

入った——祖父は、宝の隠し場所へ入った者を知っているのだ。恐らくは、目の前で。

「祖父ちゃん……宝探し、しよったんじゃな」

「ああ……そうじゃ」

祖父は観念したように首を垂れた。麦酒を飲み、羽織の前を掻き合わせかぶりを振る。

「こねぇな話をするんは……何十年ぶりかのう。口にするだけできょうてぇような気がして、もうずっと口にせなんだ」

「一体何があった。その場所に入ったんは、祖父ちゃんの仲間だったんか」

「ああ。仲間がな……死んでもうたわ。……化け物に、食われてな」

「ば……化け物……？」

なぜ、宝の隠し場所に化け物がいるのか。あの島にはそんな恐ろしい怪物が潜んでいたというのか。

「暗うて、ようわからんかった。洞窟じゃ。わしらはそこを見つけて入り込んだ。先頭に立ったもんが、食われた。化け物はよう見えん。暗闇にわしらの松明《たいまつ》で照らされた鱗の一部がぬらぬら光って見えただけじゃ」

「鱗……そんじゃ、蛇なんか」

「魚のようにも見えたが、陸におるんじゃ、蛇のようなもんじゃろう。じゃがその洞窟は満潮時には海に沈む。中までは完全に潮が満ちんのかもしれんが、海でも陸でも平気な化け物じゃねんか。わしらはそれで悲鳴を上げて洞窟を飛び出してな……どこをどう通って帰って来たもんかも覚えとらん。洞窟の場所も忘れてしもうた。もう、四十年以上前の話じゃ」

「その場所は、どねぇして見つけたんじゃ」

「仲間の一人が島の網元に奉公しとった女と知り合うたんじゃ。道通さんの祭りに来とったときにええ仲になったらしい。その子が当主に手をつけられとってな。寝物語の端々から宝の在り処を閃いたんじゃと。それで、そいつに探してみてくれろと頼んだわけじゃ」

夜海島の網元は堂元家の一家のみである。四十年以上前とすると、亡くなった前当主の父親か、または祖父かのどちらかだろう。

「何で堂元家の当主が、その場所を知っとったんじゃ」

「代々その場所を守っとるちゅう話じゃ。夜海島はさほど魚も獲れんし他にも大した仕事やこねぇ。豊かな暮らしぶりじゃなかろう。じゃが、網元だけは不相応なほどに栄えとる。あれはあの化け物を飼うとるお陰じゃ。トウビョウ様よりきょうてぇもんを、あの洞窟の奥で飼うとるんじゃ」

「じゃぁ……宝、ちゅうんは……」

「わからん。化け物のおる場所に宝があるんかもしれん。じゃが、人間には無理じゃ。わしは……わしはな、あの化け物の声を忘れることができん」

祖父は俯いて頭を抱える。

「脳髄に絡みつくような声じゃった……酔うたように脚が萎《な》えた。それでも必死で逃げたんじゃ。あれは呪いじゃ……祟りじゃ。今でもわしをこねぇに苦しめる。何十年もじゃ。きょうてぇ……こねぇにきょうてぇことがあるか」

「祖父ちゃん……」

銀次郎は後悔した。これほどに何かに恐怖する祖父を初めて見たのだ。

あまりに恐ろしかったのだろう。口にもしたくなかったに違いない。四十年以上も誰にも話さず、自分の胸ひとつに閉じ込めてきた恐怖の体験なのだ。

その夜海島の名を、孫から突然聞かされたときの祖父の動揺は察するにあまりある。話を聞いた今となっては、よくもあの僅かな表情の変化で済ませたものだと思う。

「島じゃぁ、宝は呪われとると言われておるけぇ、誰も探そうとはせん。けど、祖父ちゃんの仲間はそれを知らんかったんか」

祖父は疲れ切った顔でかぶりを振る。

「呪いなんぞと言われりゃ、やめとったかもしれんがな……そいつは宝としか聞いとらん。

あん化け物に会って、初めてここは人間の来ちゃぁおえんところじゃったと知った。ありゃぁ……悪夢じゃ。地獄じゃ。あの洞窟は、きっと地獄の底へ繋がっとるんじゃ」

平生饒舌とは言えぬ祖父がこれほどに力強く捲し立てるのを、銀次郎は初めて聞いたような気がする。

それほどに恐ろしい体験をしたのだ。それを孫に伝えようと必死で話しているのだろう。

「ありがとうな、祖父ちゃん……ようわかった。すまんな、こねぇな話をさせて」

「ええか、銀次郎。これでわかったじゃろう。絶対に宝探しなどすな。絶対にじゃ」

わかった、わかった、と祖父をなだめながら、銀次郎は麦酒を飲んだ。

これ以上話しても祖父は行くなとしか言わぬだろうと思い、更に深くは聞かなかったが、銀次郎には腑に落ちないことがある。

(祖父ちゃんの仲間は、化け物に食われてしもうたという……しゃぁけど、辰治の死体は、数日後に浜に上がったんじゃ。魚に多少突《つつ》かれた痕はあったが、化け物にムシャムシャ貪られたちゅうような痕跡なんぞなかった)

体は何日も海を漂い明確な死因はわからずじまいだったようだが、少なくとも体のどこかに激しい損傷があったのではない。

とすると、辰治は洞窟の化け物には食われなかったのだ。それでは、なぜ死んだのだろう。そのことが心に引っかかる。

(村の者らの話じゃぁ、時折よそ者が宝を探しに来よったが、皆彼らがいつ帰ったのかわからんと言う。来るときには見えとったのに、帰るときには見えんかった——つまり、帰らんかったちゅうことじゃ。化け物に食われてしもて、帰れんかった)

それではこれまで宝探しをしに来たよそ者たちは、祖父の仲間と同じように食われてしまったに違いない。

しかし、辰治はどうだろうか。食われはしなかったが、死んでしまった。やはり、椿の言う通り、呪いなどではなく自分の不注意で死んだのだろうか。

わからない。辰治はなぜ死んだか。

しかし、そのこと以外では、祖父の話で大きく歌の解明が進んだ。銀次郎は手元の紙を見つめる。

『さても恋しい夜海島の　海の太鼓に誘われて
ワダツミの顔を見ちゃぁいかん　まん丸輝く真っ暗け
娘の涙も乾く頃　蛇様迎えに来ちゃるけぇ
笑うか泣くか倒れるか
さぁさ　嵐がきよったぞ　返しんさい　返しんさい』

洞窟は潮の満ち引きで姿を消したり現したりするという。とすると、まん丸輝く真っ暗けというのは月のことだ。満ち引きの差が最も大きくなる満月と新月のことだろう。娘の涙も乾く頃——干潮の折に洞窟が現れ、蛇様——化け物も現れる、ということだ。

（蛇様とは何じゃ……人を食らうほどの大きさじゃぁ、トウビョウ様ではない……何より、そこに宝はあるんか……人魚の不老不死の薬っちゅうもんは……）

恐ろしい。けれど、考えずにはいられない。

沈鬱な表情で思いに耽る孫の顔を、老爺は複雑そうな面持ちで見守っている。

歌

堂元家の歴史は古く平安末期まで遡《さかのぼ》る。

元は無人島であった瀬戸内の島に藤原《ふじわら》氏の流れを汲む鹿目《かなめ》氏がやって来て、そこを鹿目島とし、水軍の拠点として城を築いた。

同じく無人島であったこの夜海島は鹿目島の属島として、鹿目氏の家来であった堂元家が一族郎党を率いて来島し、島を治めた。

この堂元家も元々藤原氏に縁のある家であり、由緒正しい一族であったとのことである。何にせよ堂元家に伝わる書物に書かれていることであって、まるで違うという場合も考えられる。一族の家格を偽りの家系図によって高く工作する可能性もあるからだ。

もしかすると氏素性の確かでない海賊がこの島に上陸し、自らを堂元家と名乗ったのやもしれぬ。または古文書が本物で、支配階級であった堂元家が残虐な海賊行為をしたとも考えられる。何しろ、海賊行為で人を殺めすぎたために黄泉島と呼ばれ、それが夜海島となったのだ。

無論、この逸話の真偽も確かなものとはいえず、古文書には当初鹿目氏の当主であった頼元《よりもと》の名を貫い『頼元島』としたとある。しかしこの名は時代と共に廃れ今では知る者もない。

この鹿目氏は平家に与《くみ》し源平合戦で瀬戸海に散った。その供養のための石碑が今も鹿目島には残っている。しかし堂元家にはそういった史跡のようなものはなく夜海島にそれらしき痕跡もない。この島はあくまで鹿目島の属島であり海運的にも重要な島ではなかった。

宗教の点での描写はどの書物も簡潔だ。脈々と続く蛇神信仰、そして綿津見の神を奉ずる神社の社は元禄に建てられたということである。

（じゃが、宝に関することはどこにも書かれとらん……兄様の言うとった通り、完全に口伝で受け継がれてきたものなんか……）

椿は代々堂元家の当主が守ってきたという宝の在り処を調べるため、屋敷の敷地内にある蔵に入り浸り、古い書物を読み解いている。

それがいつ頃から始まったものなのか、宝とは何なのか、そしてその場所はどこなのか。

あの歌のことも調べているが、やはり作者不詳だ。綿津見神社の裏手にある岩礁を調べてもみたが、それらしきところは見当たらない。

朝餉《あさげ》の後すぐに蔵へ籠もり書物を読み漁っていたが、あっという間に月琴を教える時間となった。今日も何の収穫もないまま、椿は肩を落として蔵を出る。

離れへ戻る途中に畑仕事をしている潮が目に入った。敷地内の斜面を利用して堂元家ではここで麦や甘藷《かんしょ》、夏蜜柑、元々自生していた椿に手をかけて栽培し椿油も作っている。

畑の中央で潮はもろ肌を脱ぎ、赤銅色の逞しい背中が複雑な筋肉の陰影を刻み、燦々と降り注ぐ太陽の光を浴びて汗の粒を美しく輝かせている。

そこへ、若い女中が竹筒に入った水を持ってやって来る。甲斐甲斐しく自分の手ぬぐいで潮の体の汗まで拭いてやっている。

確か最近入った新しい娘だ。おちよといっただろうか。少し潮の周りにまとわりつくのが目につくような気がする。

何やら黒々とした粘ついた感情に囚われかけ、椿はその光景から目を背けた。

(何じゃ、自分はわしに他の男を見るな話すなと言うておいて……)

潮は女たちの中で暮らしている。大体の男は海へ出て魚を獲り、女たちは浜や浅瀬で海藻や貝を獲るが、その間に畑を耕す女たちもいる。山の斜面に段々畑を作り一家で漁ではなく農耕して生活する者もあるが、潮風の塩害もありあまり盛んではない。それゆえに、多くは漁師として生活している。

そして、潮ほどの美丈夫であれば女たちが放っておかない。ましてや、この性に緩い風習の島である。奔放な女たちはいくらでも潮に誘いをかけたことだろう。

しかし、そのすべてを潮が拒んできたことも知っている。もしも潮が女たちと関係を持てば、その話は瞬く間に広がる。もちろん、かつての椿と潮のように、根も葉もない噂ばかりが蔓延することもあるのだが。

「先生、よろしゅうお頼申します」

はじめの生徒は千鶴《ちづる》といい、今年数えで十四になる。神社の娘で、この島では堂元家の次に地位の高い家だ。田舎の人々は信仰心が篤い。それだけに神社や寺の主は権力を持つのである。

「千鶴さんは筋がええけぇ、教えとる方も嬉しゅうなるわ」

「まあ、先生。わしはまだまだじゃ。月琴もそうじゃけど、先生のように綺麗に歌えるようになりてぇのう」

「歌か。歌なんぞ、習うもんでもなかろう。好きなように歌えばええ」

そう言うと、千鶴は驚いて細い目を見開いた。

「え、それじゃ、先生はその歌は誰にも教えられんで歌うとるん？」

「ああ、そうじゃ。歌ちゅうもんは、そういうもんじゃねんか」

へぇ、と感心しきりの様子で千鶴は頷いた。

「あねぇにでぇれぇ歌声で歌うもんじゃけぇ、わしはてっきりどこぞの師匠について歌い方を習われたんじゃと思うてました。しゃぁけど、生まれつきの才なんじゃねぇ。先生はほんまにええ歌い手じゃ」

歌というものは誰かに習って歌うものなのか。楽器は習わなければ正確には弾けぬが、歌は自らの体が楽器である。それを修練するのは自分自身しかないのだから、人に習うものではないと思っていた。

「このお家は歌も上手いし作るんも上手いんじゃねぇ。先の豊漁の宴で先生が歌うとった歌、あれは堂元家に伝わるお歌でしょう」

「……なしてそう思う」

「祖母がそう言うとりました。堂元家が豊漁の宴で歌い始めたもんじゃと。今は島中に広まっとりますけど」

椿は内心ひどく驚いた。あの歌はまさかこの家が作ったものだったのか。

（ほんなら、宝の在り処を示すような歌をわざわざ作って村人に聞かせたちゅうことか？何でそねぇなことをする。代々守らにゃおえんもんを……）

わからない。辻褄《つじつま》が合わない。

しかも、島民たちは宝には呪いがかかっているという風に広く認識している。もしかするとその噂も堂元家が流したのだろうか。宝の在り処をほのめかし、しかもその宝には呪いがかかっていると広める——そんなことをして何の得があるというのか。

「先生？」

「ああ……、すまん。さあ、稽古を始めるか」

考え込む椿を千鶴の声が現実に引き戻す。

千鶴に月琴を教えながら、椿の思考はこれまでとは違う方向へ流れてゆく。

もしかすると、宝とは、自分が考えているものとはまったく別物なのではあるまいか？

＊＊＊

「なぁ、あんたら、やっぱりええ仲になったんじゃろ」

昼餉の最中、おちよは潮の湯呑に茶を入れながら囁いた。

「あんたもそうじゃが、椿様がでぇれぇお綺麗になりんさった。そりゃ前からお綺麗じゃけどな、艶が滲み出とるっちゅうかなぁ。女のわしでもどうにかなりそうになるわ」

潮は黙々と握り飯を食べる。おちよは一人で喋り続けている。

「あんたもええ男の顔をしとる。以前はちと鬱屈したところがあったが、それがのうなってなあ。どうじゃ、毎晩楽しんどるんじゃろう」

「知らん」

「言うとくけど、もうとっくに皆知っとるよ。あんたら長いし騒がしいけん。波の音で大体消される思うて油断したらおえんぞ。聞き耳立てとる奴らは仰山おるけぇ」

思わずどきりとする。離れには二人しかいないので確かに気は緩んでいたが、まさかそれほど大きく音が届くわけでもあるまい。聞き耳を立てている者はいるのだろうが、今となっては特に隠す気もないので、皆が知っていても問題はない。

「なあ、どねぇな風にするんじゃ。あんたも椿様もすごそうじゃけぇ、想像もつかんわ」

「……ようも人のことばあ喋りよる。あんたにゃあんたのことがあるじゃろうが」

「人のことじゃから楽しいんよ。自分のことなんぞつまらん。あんたがわしとええことしてくれたら楽しゅうなるんじゃがなぁ」

「俺のことは構うな。……いつまでここにおるかもわからん、よそ者じゃけぇな」

「また怒りよる。あんた、気が短いんじゃなぁ。蛇様いうたらもっと長いじゃろが。まあ体と気は違うけどなぁ、うっふっふ」

おちよは一人で笑っている。潮は笑えない。

「何じゃ……蛇様ちゅうんは」

「ああ。うちの婆ちゃん、皆が蛇婆と呼んどるんよ。あんたんこと、蛇様言うとったで。椿様んことも」

「そりゃ……知っとる。会う度拝まれてかなわん。あの婆さん、あんたの祖母ちゃんじゃったか」

狭い島のことだ、誰かの身内は必ずどこかで知り合いに繋がっているし、こういうこともある。だから秘密の話があれば誰にもするべきではない。瞬く間に島中に広がってしまうのだから。

「何でじゃろなあ。わしもふしぎじゃわ。婆ちゃん、蛇でも龍でも、鱗がついて長いもんは蛇様じゃ言うとる。しゃぁけど、あんたは漁にも出んし、完全に陸の人間なのになぁ」

「魚も蛇様か」

「いや……魚は食うもんじゃけ、さすがに蛇様とは言わんな。婆ちゃんはボケてしもうとるけど、妙な力はあったけぇ。今でも本土の実家じゃぁトウビョウ様を大切に世話しとるちゅう話じゃし」

「あんたは、どうなんじゃ」

「わし？　わしにゃぁ力なんぞありゃせん。あったら面白うなったけどなぁ。見えんもんが見えるちゅうのはきょうてぇけどな」

　おちよは明るく笑っている。普通は見えないものならば見ない方がいい。見えないものは『見るな』ということなのだ。見えない幸せに感謝した方がよい。

「婆ちゃん、最近妙なことを言いよるんよ。近い内に蛇様が海を渡るてなぁ。あんた、知っとる？　蛇て、泳ぎが上手いんじゃて。海を泳いで他の土地へ行くこともあるそうじゃ。例えば島が火事になったりとかな、そこに住めんと思ったら海を渡って引っ越しするんじゃて。何や、嫌な感じせぇへんか？　この島に住めなくなるちゅうことかなぁ」

「その婆ちゃん、ボケとるんじゃろが。本気にすな」

　いつまでも続きそうなおちよのお喋りに辟易して、潮は残りの握り飯を熱い茶で流し込んで立ち上がる。

　水を浴びに井戸の方へ向かいながら、自分の言葉を胸の中で反芻する。

（いつまでおるかわからん、か……）

　それは自然と潮の口に上ってきたものだった。確かにそうなのだろう。けれど、同時に瞼の裏に浮かぶのは椿の顔である。

（椿様とは離れとうない……しゃぁけどどうなるかわからん。ほんまはどこまでも一緒に行きてぇ。二人でどこまでも……）

そう思う側から、また別の思いが湧く。

（いや、俺はここを離れん。離れられんのじゃ。俺はここで椿様と生きていく……）

潮には強い意志があった。やらねばならないことがあった。

潮にとっていちばんの存在は椿だ。椿だけは何をおいても諦められない。絶対に手放さないと決めている。

（椿様は、俺の神様じゃ。綿津見だの何だのはどうでもええ。俺には椿様がおればええ）

自分がいなくなってしまえば、椿には本人が望むと望まざるとにかかわらず、夫という形で新たな男が与えられるだろう。

そんな想像をすれば、現実のことでないのに身の内が嫉妬の炎で焼けただれそうになる。

（俺は、自分がこねぇに嫉妬深いとは思わなんだ……椿様が他の男の名を聞いたと耳にしただけで、頭がおかしゅうなりかけた）

それが特別な意味でないことなどわかっている。頭ではわかっていても、きっと椿に名を聞かれた男は幸福に浮かれただろうと考えると、込み上げる憤りをどうしようもなくなった。

潮だけじゃ、潮は特別じゃと言ってくれる椿を信じられないわけではない。けれど、自分の体の他には何も持たぬ潮は不安だった。

いつも通りに水浴びを終えて着替え椿の部屋に赴くと、椿は稽古を終えた後もまだ月琴を弾いていた。

「潮。この歌、歌うてみぃ」

「え？　この歌、て……」

「わしが豊漁の宴で歌うた歌じゃ。覚えとるか」

頷いた。椿が歌った歌はおろか、椿が語った言葉は一語一句忘れることのない潮だ。

初めは馴染みのなかったこの土地の訛りも、すべて椿の言葉を記憶することで覚えた。それは何の苦しみもない、単純な作業である。それどころか、椿の言葉をなぞるという歓びがあった。

椿がおもむろに月琴を爪弾く。

潮は言われた通りに歌ってみせる。あの夜の椿が歌った通りの音程、節回し、すべて彼女の声をなぞってみせた。

歌い終わった後、椿はぼんやりと潮を見つめ、ほうとため息を落とす。

「……そうよなぁ。歌は、習うて歌えるようになるもんじゃねぇよなぁ」

「何じゃ。どねぇした、椿様……」

「いや、何でもねぇ。潮、お前の歌声は綺麗じゃ。心に染み渡る。何でか、異国の海の波の音のように聞こえるわ」

異国の海。そうなのかもしれない。

自分はどのくらい長い間、海を漂っていたのだろう。

「母様もなぁ……この歌、歌うとった気がするんじゃ。ほとんど覚えとらんが、潮みてぇな、遠いお伽噺の国みてぇな歌に聞こえてなぁ」

「椿様……母親のこと、少しは覚えとるんか」

「ほんまに少しだけじゃ。いくつの頃おらんようなってしもたんかも曖昧じゃけぇ。父様や家の者に聞いてみたこともあったが、皆母様の話はしたがらねぇ。まあ、知ったところで何もできんけどな」

「椿様は、母親を恨んどるか」

「何でじゃ。顔もろくに覚えとらんっちゅうに」

「自分を放って、どこかへ行ってしまいよったと思うとるんじゃねんか」

思えば出会った頃の椿は十歳ほどで、まだ母親を恋しがる年齢だったはずだが、そんな素振りを少しも見たことがなかった。今と変わらず、あまりに凛としていて、すでに女王然とした貫禄があり、それゆえか潮はこの少女が仕えるべき人だと直感したものだ。

「どうじゃろうなぁ」

椿は潮の問いかけに首を傾げる。

「物心つく頃にゃぁ、散々周りが母様の悪口を言うておったからのう。わしが置いていかれるんは当然なんじゃと思うとったな」

「寂しいとは思わんかったんか。周りの同年の子どもらが母親に甘えとるのも見たじゃろ」

「そもそも、遊ぶような友達もおらんかったけぇ。学校でも一人でな。親があの子と遊んだらおえんと教えとったようじゃ。誰かの家に遊びに行くこともなかったなぁ。じゃけぇ、母親と一緒におる子どもを見ることも、そねぇに多くはなかったな」

その光景を想像すると胸が痛む。きっと大勢の奉公人に囲まれ、椿は他の子どもらよりもずっと大人びていただろう。加えて網元の娘、そして妙な視線もあり、孤独であることが日常だったのかもしれない。あの妙な女の子ども、と椿自身に何ひとつ非がなくとも陰口を叩かれ育ってきたのだ。

「母親に甘えてぇと思うた記憶もあんまりないんよ。それより強くならにゃあおえんと思うとった。わしを守るんはわししかおらんけぇ。父様は可愛がってくれたが頼りにはならんと感じとった。しょっちゅう臥せっとったしな。兄様はあの通りじゃ。家の者らは世話はしてくれたが、何じゃろなぁ、心許せるもんはおらなんだ」

椿の環境をよくよく考えてみれば、本当にむごい。家は裕福で豊かな暮らしではあっただろうが、周囲の目があまりに過酷であった。

(椿様は、幼い時分から戦ってきたんじゃ)

彼女の強い眼差し、張り詰めた空気、揺るがぬ心はその戦いの証だった。出会った頃の十歳にして、すでに椿は己を守る鎧を身に着けていた。

ふと、椿の瞳の光が和らぐ。

「じゃけぇ、潮を見つけたときはな……わしゃ、嬉しかったんじゃ」

「俺を……?」

「ああ。お前は……きっとわしと同じじゃと思うたからかなぁ」

それはどういう意味なのだろうか。潮はわからずただ女主人を見つめた。

胸が奇妙な鼓動で鳴っている。椿の目を見れば、自分の何もかもが見透かされてしまうような心持ちがする。

「潮」

優しい声だ。椿はいつも潮を呼ぶとき、そこに慈しみを込めているのがわかる。

「お前、母親が恋しいんと違うか」

「……覚えとらんのに、そねぇなこと」

「わしにも母が恋しくねぇかと聞いたじゃねんか。それに……潮は乳を吸うのが好きじゃけぇ。きっと甘えん坊な子どもだったんじゃろ」

潮は笑った。椿に寄り添い、いつものように椿は潮の頭を抱きかかえる。

「母親が恋しいかはわからんけど、椿様の乳は好きじゃ。ずっと吸うてたいわ」

「もう……お前がいつも吸うから乳首がもげそうじゃわ」

「もげんて。こねぇに立派なもんは吸うためにあるんじゃ」

着物の上から乳首の辺りを指で擦る。するとすぐに乳頭が大きく勃起した感触が指先に伝わり、潮はたまらない気持ちになる。

「こら……いたずらはおえんぞ」

「触ると大きゅうなるから面白うて」

「あほ。お前なんぞ触らんでも大きゅうなるじゃねんか。しょうもない奴じゃ」

椿の足袋のつま先が潮の股をつつく。椿の言う通り、すでにそこは大きく盛り上がっている。

「なあ……、潮。覚えとるか。わしらが初めて宮島《みやじま》の玉取祭《たまとりさい》へ行ったとき……」

潮は椿の胸をいじりながら頷いた。特に最初の訪いはよく覚えている。

朱塗りの社殿、海原に立つ大きな鳥居、屋台の甘酒やおでんなどの匂い、そして人、人、人──。

「島じゃ見ることのねぇもんばっかりで人も仰山おったけぇ、お前は今と変わらん図体の大男じゃったちゅうに、子どもみてぇにはしゃいでなぁ。終いには櫓《やぐら》に吊るされた宝珠を取ろうとしよって、慌ててしがみついたわ」

「あれは……男どもが皆飛びついとったけん、俺もやってええかと思うたんじゃ」

「飛び入りはおえんじゃろ。あれはああいう祭りじゃけぇ。それに、お前が参加したらもう誰も敵わんて」

椿はそのときのことを思い出したのか、クスクスと笑っている。

潮は椿が時折漏らす笑みが好きだった。普段は人形のように澄ました顔で威圧感すら漂わせているのに、自然と笑みがこぼれる瞬間は、年相応の無邪気な娘の顔になる。

もちろん普段の顔も好きだ。冷たい顔つき、怒った顔つき、そして恍惚として悦楽を貪る顔もいい。椿のすべての表情を見られるのは自分だけだと思うと、幸福感に胸がはち切れそうになり、体が燃える。

「あんときゃ、わしはお前の母親になったような心地じゃった。あんときだけじゃねぇ。お前ときたら、日常生活でも色んなもんを珍しがっとったなぁ。頭を打って、記憶だけじゃのうて色んなことを忘れてしもたんじゃな。じゃけぇ、わしはお前の母親のような気分でおったんよ。長いことな」

「あんなこんまい娘っこが、母親か」

「お前の方がよほど子どもじゃったからな。図体ばかりでかくてのう」

「今はもう違うじゃろ？」

「ふふ……どうじゃろな。乳を吸う大きい子どもじゃが……だいぶ暴れまわりよる」

すでに着物の上からでも突起がわかるようになった乳頭に、布越しに吸い付く。

「あっ、これ、着物が濡れる」

「布越しでも、形がようわかるわ」

「あほ。ほんまにあほじゃ、お前は……、これ、やめんか」

唾液でべっとりと湿らせると、まるで素肌と変わりない感触にまでなる。そのまま吸いつき、甘噛みしていると、椿の興奮した匂いがむっと立ち上る。

「も、もうやめえ……直接……」

「直接吸って欲しいんか？」

「あほ……お前、このままじゃ着物まで食らいそうじゃ。はあ……こねぇに濡れてしもうては夕餉に行く前に着替えんとおえんなぁ」

笑いながら、じゃれながら潮は椿の乳房を揉んだり吸ったりして幸福に浸っている。

潮はふと、おちよが『皆知っとる』と言っていたのを思い出した。椿はそのことを知っているのだろうか。あのおぞましい男は何も言って寄越さないのだろうか。

「なあ、椿様……。近頃、あいつの様子はどうじゃ」

「あいつ？　兄様のことか」

「そうじゃ。また椿様にけしからんことをしてこんか」

椿は微笑んでかぶりを振る。

「何もありゃせん。大事ない。お前を殺し損ねてからは随分大人しゅうなったわ」

「そんならええが……」

「何かあったら、お前が助けに来てくれるんじゃろう？」

愛おしげに頭を撫でられ、潮は頷き、夢中で乳房に顔を埋めた。

そうだ。椿のことは自分が絶対に守る。次に殺されそうになれば、今度こそこちらから息の根を止めてやる。

行雄への殺意に燃えながら一心に乳を吸っていると、椿が高い声を上げて畳に投げ出した白足袋のつま先をヒクヒクと震わせた。

「椿様……夜、もうあいつには会わんで欲しい」

「え？　夜、て……」

「夕餉をあの獣と一緒に食わんで欲しい」

達した後のしっとりと潤んだ椿の瞳を見ていると、下腹部がむらむらとしてどうにも我慢がきかなくなる。

潮は椿を横抱きにして濡れそぼつそこへ己の蛇を埋めながら、桜色の耳朶《じだ》を食む。

「あいつに夜、椿様の顔を見せて欲しゅうないんじゃ……椿様は夜の方が綺麗じゃ……そねぇな顔をあいつに見せんで欲しい」

「ぁ、あぁ……、しゃぁけど……、お、あ、はあっ」

ずちゅずちゅと深々と腰を打ちつけると、椿はぶるぶると震えて身悶える。芳しい汗の香りを胸いっぱいに吸い、潮は奥を抉りながら前に手を回し、愛らしく勃起した花芯を細かに愛撫する。

「ふぅう、んぅ、う、あぁ、あ、そねぇに、あ、う、潮、あぁ」

椿はなまめかしい悲鳴を上げる。ぬかるむ媚肉は引き攣ったように激しく潮を搾り立てる。指の腹でコリコリと転がしてやりながら緩慢に動き続けると、洪水のようにあふれた蜜が飛び散り、潮の腿までびしょ濡れにする。

「俺とずっとここにおればええ……ずっとこうしていてぇ……離れるなんて嫌じゃ……なぁ、椿様……」

「ん、んぅ……、うぅ、わ、わしも……」

「ほんまか、椿様、ほんまか……」

潮は執拗に椿を突き上げながら、熱烈に赤い口を吸う。

いつまでもいつまでも離さず、何度出しても入れたままなので、とうとう交わっている最中、夕餉の知らせに女中がやって来た。

いつものように主を煩わせぬよう部屋の外から声をかけられる。

「椿様、夕餉の支度ができました」

「あ、ああ……わしはちと具合が悪いけぇ……後で食う……」

椿は必死で平静を装うが、女中は心配して襖を開けようとする。

「まあ。いかがされました」

「え、ええんじゃ、入るな、大事ない。後で潮に膳を取りに行かせるけぇ、もう下がっておれ」

かしこまりました、と女中は大人しく引き下がる。

椿は自分を後ろから抱いたまま決して放さなかった潮を軽く睨んだ。

「潮……ええ加減にせぇよ」

「すまん、椿様……じゃが俺は、あの男が信用できん」

潮はようやく魔羅を引き抜き、そしてあふれ出た腎水を押し込めるように、縄を締めたような棒状のものをそこへ押し込んだ。突然の異物感に椿は目を見開く。

「うっ、な、何を……」

「これなぁ、行商のおやじが勧めてくれたんじゃ。ええ成分が入っとって、ええ気持ちになれるんじゃて」

「い、嫌じゃ、そねぇなもん必要なかろう」

「あ、おえん、椿様」

嫌がって取ろうとする椿の腕を、後ろ手に帯で縛り付ける。

「何をするんじゃ潮！」

「取ってしまうじゃろ。俺が椿様の膳を取りに行く間、我慢してくれ」

「な……、何でじゃ……どうして、こねぇな……」

戸惑っている椿をそのままに、潮は着物を整えて部屋の外へ出て行く。

自分が取りに行くと伝えていれば、そこに行雄はいないだろう。潮の予想通り、自分の行く先にはあの男の気配はなかった。すっかり怯えて姿を隠してしまっている。

女中から膳と薬などを渡され、自分の夕餉も持って引き返してくると、椿は赤い顔をして寝転んだまま大人しくしている。恨めしげな目で潮を見上げ、諦めたようにため息をついた。

その光景に、潮は身の内から燃え滾《たぎ》るような欲情が込み上げてくるのを感じる。いつもきちんとしている椿が、後ろ手に縛られ着物の裾を乱して座敷に横たわっている姿は、あまりにも扇情的だった。

「お前、この前からおかしゅうなってきたのう……」

「俺をおかしゅうさせたんは椿様じゃ。椿様が美し過ぎるけぇ……」

膳を置き、動けない椿の脚を開く。埋まったものを軽く抜き差しすると、硬かった棒がふやけて柔らかくなっており、程よい弾力でぐじゅぐじゅと蜜と精液を女陰の中で掻き回す。椿は頬を火照らせて身を捩る。

「ふぅ、ううん、ううっ」

「ええか、椿様……気持ちええか」

「ア、アホウ……こねぇなもんまで使いよって……」

「俺の精を一滴も漏らしとうなかったんじゃ。椿様はこういうもんは嫌いか」

「……お前のもんがいちばんええに決まっとる」

掠れた声でそう言われれば、何度出した後でも潮のものは硬く反り返る。

その夜、椿と潮は初めて夕餉を共にした。上になり下になり、交わりながら手づかみで魚を頬張り、汁を啜り、飯を食らった。

戯《たわむ》れに紐《ひも》で椿を縛ってみたり、潮が反対に縛られてみたりもした。椿の肉感的な体に紐が食い込む様はあまりにみだらで潮の男根はひどく硬く大きくなり、椿を何度も失神させた。

「あぁ！　あぁぅ、あ、ひう、ぅぅ、あ、あぁあ」

縛ったままの椿を抱え上げ、潮は立ったままその体を貫いていた。

自身の重みで深々と魔羅を咥え込み、椿は束髪を千々に乱れさせ惑乱した。腰の上で椿の体を弾ませながら座敷を練り歩き、女主人が涎を垂らしてよがるのを潮は食い入るように見つめた。

「おおぅ！　あう、あひぃ、あ、あぅ、ああう！」

「ええか、椿様……そねぇに、ええか」

絶頂の極みにいる椿に潮の声は届かない。忘我の境で叫ぶ椿は凄艶でこの世のものとは思われないほどに美しい。快楽の汗にしとどに濡れ潮の上でのたうち回る椿に潮は恍惚とした。

激しく揺すぶると椿は大きく痙攣し、全身から輝く汗を噴き、目を白くして仰け反った。

「おあ、お、も、もぉ、嫌ぁ、あ、あ、死ぬ、死ぬぅ」

「死なん……椿様は死なんて……」

「嫌ぁ、あ、ん、んむぅ、ううう」

震える舌をきつく吸い、食らいつくように椿の口を舐め回す。

すべて食べてしまいたかった。もう誰にも椿の美しい姿を見られぬよう、何もかも胃の腑に収めてしまいたかった。愛しい者を食らうとき、どんな心地がするのだろう。そんな爛れた妄想に理性を蕩かしながら、潮が頑強な足腰で椿を揺すぶり続けた。

潮の蛇は常に椿の女陰に埋没し、ひっきりなしに女主人を悦ばせ、衰えを知らない。夜も昼もずっと繋がっていたかった。他の雑音など何も聞こえない場所で、時を忘れて重なり合っていたかった。

二人きりで永遠に愛し合っていられる楽園はどこにあるのか。潮は知っていたが、そこへ椿を連れて行くことが正しいのかどうか、それはわからなかった。

その夜、久方ぶりに祭りの話などしたせいか、宮島の夢を見た。

しかし、そこにいたのは自分と椿ではなく、錦蔵とおしずである。

島田髷《しまだまげ》に珊瑚の簪を差し、贅沢な藤色の友禅を着ている。玲瓏たる肌の色、物憂い青み

を帯びたなまめかしい瞳、その姿のどこをとっても、水の垂れるような、無双の美しさと呼ぶに相応しく、そしてそれらはすべて娘の椿に受け継がれているのだった。

『辛うないか。こねぇなときに来てしもて』

『平気じゃ。この子が出てきたらしばらくはどこにも行かれんと思うてな、最後にここに来とうなったんよ』

おしずの腹は随分大きい。臨月間近に宮島の祭りを見にわざわざやって来たものらしい。

錦蔵は愛妾にべったりと張りついて不安げな顔をしている。心配でたまらないという様子で、祭りなど少しも見ていない。

おしずも高舞台の舞楽を見つめながら、どこか遠くを眺めているような面持ちに見える。

『子ができるとはなぁ……わしと、あんたの間に……』

ふいに呟かれた言葉に、錦蔵は目を丸くする。

『何じゃ、そねぇなことを、今更』

『わしは、この子の母親になってええんかのう』

真紅の唇からため息を落とす様にさえ、魅惑が満ちている。

『こねぇな業《ごう》を背負うわしが……子を持ったとしても、浅ましいことをやめられんわしが……』

『ええんじゃ。何を言うとる。おしず、お前はわしの最愛の女じゃ。その女が子を産んでくれるとは、こねぇに幸福なことはねえ』

『ああ……わかっとる』

錦蔵の説得するようなねつい調子に、おしずは微かに笑んだ。

『わしもこねぇな心持ちになるとは思わなんだ。これまで、なぁんも悩みもせんかったちゅうのにな……これが母親になるっちゅうことなんじゃろうなぁ』

おしずは冷艶な眼差しを舞台の先へ向ける。

そこには青々と波打つ豊かな海が広がっている——。


潮、海へ行かんか。

ふしぎな夢を見た翌日、座敷を訪れた潮に、椿が藪《やぶ》から棒に訊ねる。

「海て……今か。何で急に」

「まだ海はきょうてぇか」

「……きょうてぇちゅうか……あんまり近づきたくはねぇのう」

「わしもきょうてぇ。一度深うまで長う潜ったらな、もう陸には戻れん気がするけぇ」

椿は漁村にありながら海には近づかぬ珍しい娘だった。そんな彼女が浜で気絶していた自分をいちばんに見つけられたことが奇跡だと潮は思う。

「海は見るだけじゃ。遠くからな」

「どこへ行くんじゃ」

「この島でいちばん高い場所じゃ」

椿は珍しく潮を伴って屋敷を出た。昔は潮の記憶を取り戻させるためにと頻繁に二人で出歩いていたが、今では周囲の目がうるさく、鬱陶《うっとう》しいので外ではほとんど連れ立って歩かなくなっている。

綿津見神社の石段を上り、お社に着く頃には瀬戸海は夕日の赤に染められ絵画のような美しい景色に彩られていた。

椿はお社の裏手へ行き、楠の林立する合間から断崖の向こうに見える、岩礁に囲まれた中の小さな砂浜を指差す。

「お前が打ち上げられとったんは、あの辺りじゃ。あの浜は狭すぎて船を出せんから漁師がおるような場所じゃねぇ。じゃからわしが最初に見つけたんじゃ。ここからな」

「ここから……？」

「ああ。わしは神社におったんよ。ここからの眺めが昔から好きじゃった。いつもは女中を連れて来るが、皆が忙しいときは一人で来る。景色を見にな。そしたら、浜に何か人みてぇなもんが打ち上げられとる。それで慌てて降りて行った」

当然ながら潮にそのときの記憶はない。目が覚めたのは布団の上で、そのときには何もかもを忘れていた。

その自分の無防備な期間に、椿以外の誰かに見つかっていたらと思うと寒気がする。椿だからこそ、自分を大事にしてくれたのだ。そして、椿だからこそ、何も覚えていなかった潮が生きるための目的を見つけられた。

「ここから見る景色は、ぼっけぇ綺麗じゃのう」

沈みゆく夕日を眺めながら、思わずそう呟いた。陽の光を反射する水面は生きる宝石のように美しい。

見つめられている気配を察知し振り向けば、椿は恍惚として微笑んでいる。

「お前がいちばん綺麗じゃ、潮」

「……それは俺の台詞じゃねんか」

「思うたことを言うただけじゃ。お前がこの世の中でいちばん綺麗じゃ」

赤く染まった椿のなめらかな頬は輝き、長い睫毛に縁取られた静かな瞳は潤んでいる。花のような唇はみずみずしく濡れ、潮を誘うように半ば開いている。

「あ……、潮……」

　気づけば、潮は椿を抱き、接吻していた。

　柔らかな唇を食み、真珠のような歯をしゃぶり、舌を絡めて音を立てて吸う。

　椿は蜜のような甘い声であえかに喘ぐ。その声音の甘美な響きに下腹部はたちまち熱くなり張り詰める。

「おえん、おえん……こねぇなところで……」

「平気じゃ……少し声を抑えればこねぇなところには誰も来ん……」

「しゃぁけど、綿津見の神様が見とる……」

「綿津見は海の神様じゃねんか……海は命の生まれる場所じゃ……俺らは命を作ろうとしとるんじゃけぇ、喜んでくださる」

　もっともらしいことを、と苦笑する椿に口吸いを繰り返しながら、その愛おしい体を愛撫する。椿の背を楠に押しつけ、着物の衣紋を割り、豊満に実った柔らかな丸い果実をあらわにする。その豊かな果肉に顔を埋め、着物の内で蒸れこもっていた甘い香りを嗅ぎながら、すでに少ししこっている乳頭を口に含んで吸い上げる。

「んっ……、は……、ん……」

　声を出してはいけないと、椿は健気に袂《たもと》を噛んで喘ぎ音をこらえる。その耐える様が可愛くて、潮はもっと快くさせたいと、乳頭をしゃぶりながら着物の裾から手を入れ、腰巻きの下へ指を忍ばせる。

「ふぅっ、う、は……、ん、んぅ」

椿のそこはすでにしとどに濡れている。潮が肉唇の狭間へ指を潜り込ませると、椿は無意識なのか自ら脚を開いた。とろとろにぬかるんだ女陰に指を三本差し入れながら、親指の腹で膨らんだ花芯を優しく転がしてやる。

臍の裏側にある木の実のような膨らみを擦り上げると、椿の中はきゅうきゅうと切なげに潮の指を絞り上げ、後から後から甘露を滴らせる。

これを自分のものにされたらと思うと潮はもう我慢がきかず、指を引き抜き、椿を楠に向かい合わせる格好にし、後ろから一気に貫いた。

「んぐっ……、ふ、う……、うぅ」

剝き出しにされた真っ白な尻が震えている。潮を包み込む媚肉はまるで両手で絞るようにぐうっと陰茎を締めつけ、あまりの快感に潮は体中の血液が下腹部へ集まってゆくような目眩を覚える。

動くのも力がいるほどの狭さだが、あふれるほどに濡れているので抽送は容易い。膝を折り中腰でずんずんと叩きつけながら、揺れて暴れる双つの丸い乳房を鷲摑みにして揉みしだく。汗ばむ柔肉に指を食い込ませ欲望のままに揉みしだいていると、中の蠢きも激しく盛んになる。

「ふぅっ、ふぅっ、んぅぅ、ふ、う、ふあ、んっ、ふ」

先端に当たる子壺の口がぐっと下がる。椿はここのところすぐに達してしまう。

潮も限界に達し、ぶるりと大きく震えて精をほとばしらせながら、陶然とし止まることなく動き続ける。

「うぅ――っ、う、ふぅう、んうううう、ん、うあ、は、んむぅ、ううぅ」

椿はガクガクと痙攣し、濃厚な甘い香りを発して絶頂に飛ぶ。それでも大きく声を出すまいと袂を噛み続けるのはその強い気性ゆえだろうか。

奥の膣肉がふわりと広がり、再び万力のように締まる。まるで精を受け入れやすくしているかのような動きだと、いつも感じる。奥に放たれた精を含み、それを子壺の中へ吸い込もうとするような動きだと。

(あぁ……早う、孕んでくれ、椿様……俺だけのもんになってくれ……)

椿は平生凛として男を従えることが当然という顔をしているのに、こうしているときには乱暴にした方が快感を覚えているように思う。そんな椿の一面を村の男たちが知ったらどう思うだろうか。興奮しきって分別もなくなり皆椿に襲いかかるだろう。強引にされるのが好きなんじゃろうと女太閤を陵辱するに違いない。

そんなことを想像してしまう自分が嫌だった。他にも潮は様々な妄想をしてしまう。実際の椿はそんなことをしないのに、足で潮のものを弄んだり、寝ている潮の顔の上に股を広げて座ったり、そしてそんな風に扱われることで潮はひどく興奮してしまうのだ。

寝ても覚めても椿を想う潮は、その愛おしさのあまりこの人の美しさを、このときにしか上げぬ甘い声を、男を獣にする芳香を、すべての男に見せびらかしてしまいたいと空想に耽ることもある。

けれどこの絶景は、妙なる調べは、馥郁《ふくいく》たる香りは、極上の快楽は自分だけのものなのだ。被虐と加虐、相反する欲望はすべて椿一人へ向かってゆく。

しかし、一人くらいになら自慢してやってもいいだろう。そいつはきっと他の男たちに吹聴することはない者だ。

立て続けに達し膝が震えている椿を抱え、潮はよく見えるよう、その片脚を上げて結合部をあらわにしてやった。

＊＊＊

肌寒い十月の夕暮れ時、銀次郎は自分が寒いのか暑いのかもよくわからなくなっている。

ここへ来たのは偶然だった。いや、途中までは偶然だったというべきか。

夕餉の準備が始まり、どの家も美味そうな味噌汁の匂いや魚を焼く匂いを立ち上らせている折、宝探しに執念を燃やしよく出歩くようになっていた銀次郎は、偶然神社へ続く石段を上る二人を見たのである。

後をつけたのは、ほとんど無意識だった。椿と話がしたかった。潮も、話すだけならば辰治のように放り投げたりはしないだろう。

しかし、その先で見たものは地獄か極楽か、恐らくその両方の光景であった。

二人で何やら海を見て語らっている場面は親密かつ美しく、なかなか声をかけられずに、やはり帰ろうかと思った矢先、二人は抱き合い、接吻した。

ああ、やはり皆の言っていたことは本当だったのかという驚きは一瞬で過ぎ去った。

潮が椿の着物の前を開き、彼女の乳房を剝き出しにして、それを吸い始めたのだ。

ぼろんとこぼれ出たもののあまりの大きさに銀次郎は呆気にとられた。椿自身の頭部よりも大きく、先端はツンと前に突き出し、柔らかく下に垂れて形が崩れることもなく、張りがあってみずみずしい、あまりにも美しくみだらな乳房であった。

(大きいとは思うておったが、まさかあねぇに……)

着物の下に押し込められていた双つの果実はあまりに魅惑的だった。銀次郎とて特別な恋人はいないが、女を買ったことは幾度かある。どんなに体自慢の女でも、あれほどの豊かな丸い乳房を持つ女はいなかった。

潮が椿の乳を吸いながら、下肢をも愛撫していることがわかった。波の音ではっきりとは聞こえぬが、椿が快感の喘ぎを漏らし、腰を揺すっているのがわかる。

そしてすぐに、潮は椿を楠に押しつけ、後ろから挿入した。椿は声を上げまいとしているのだろう、必死で袂を噛んで木にしがみついている。

潮は膝を曲げながらの不自由な体勢にもかかわらず、獰猛な動きで椿を突き上げた。激しい突き上げに面白いように揺れながらも丸い形を保ったままの重たげな乳房を、後ろから潮の大きな手が鷲掴みにする。

その赤銅色の逞しい指が白い豊かな柔肉に食い込む様はあまりに淫靡で、荒々しく揉みしだかれて椿がひどく気持ちよさそうにしているのが目に焼きつく。

（ああ……僕もあれを思う様揉んでみたい……顔全体を埋めて吸ってみたい……）

淡白なはずの銀次郎も、欲望のあまり喉が渇いて引き攣るような感覚を覚え、恍惚とした。あの乳房に頭を埋めたらどんな心地なのだろう。桃色の乳頭はどんな味なのだろう。それを好き放題に楽しむことのできる潮に激しい嫉妬と羨望を覚えた。

やがて、潮はあろうことか椿の片脚を持ち上げ、まるで銀次郎に見せつけるかのようにその結合部をあらわにした。

そのとき初めて銀次郎は潮の勃起した男根を見た。銭湯で幾度か顔を合わせることはあったが、その股間にぶら下がったものを凝視できるような性格でもなく、ただ男たちが「あいつはでぇれぇ大きい」などと噂して下卑た笑いを浮かべているのを聞いているくらいだった。

そして、実際にその状態になったものを見て、思わず目を疑った。

(何じゃ、ありゃぁ……太った女の腕ほどもあるじゃねんか。太ぇ……長ぇ……。ありゃぁ、馬か何かか。あねぇなもんをぶち込まれとったら、椿様が死んでしまう……)

潮の魔羅はあまりに凶悪な大きさだった。青黒い血管を浮き立たせ、極太の巨大なものを何度も何度も、物凄い勢いで抜き差ししていた。

椿の女陰は裂けんばかりに拡げられ、打ち込まれる度に深くへこみ、引きずり出される度に濡れた肉唇を男根に張りつかせ伸び切っている。

椿の顔は歪んでいたが、しかしそれは苦痛の表情ではなかった。乱れた束髪を汗に濡れた額や頬に張り付かせ、顔を紅潮させ袂を咥える唇を震わせて、時折目が裏返って激しく痙攣する。

椿は、潮の魔羅で何度も絶頂に達しているのだった。巨大な一物を抜き差しされている裂け目からは夥しい汁がこぼれ、掻き回されて白く泡立っている。時折小便のような透明な液体を噴きながら、椿は明らかに極上の快楽をとめどなく味わっているのだった。

そして潮は一体何度達しているのだろうか。絶え間なく腰を振りながら、白い精があふれて飛び散ることがある。あの凶暴なものは、幾度精を漏らしてもまるで萎えない。悪鬼のように延々と硬く反り返り、椿の子壺をひどく小突き回して泣かせているのだ。

波や風の音に紛れても消えないほどの、ぐっちゃぐっちゃ、ぐぼっぐぼっという大きな音が聞こえてくる。銀次郎は膝が震え、その場にしゃがみこみそうになった。

(ああ……椿様、ずぶ濡れじゃ……あねぇに恐ろしいもんを突っ込まれて、死ぬほどよがっとる……)

どのくらいの時が経ったのだろうか。椿はブシュッとまた透明な汁を噴いて、ガクガクと痙攣し、ぐったりとして気を失った様子だった。

潮は椿の体を抱きとめ、最後の仕上げとばかりに、奥をずんずんと突いて射精し、すべて奥に出し切ると、ずるんと男根を引き抜いた。

全貌をあらわにしたそれは、六寸六分はありそうな恐ろしいほどの巨根だった。椿の蜜に全長をべっとりと濡らして、先端の赤黒い亀頭は大きく笠を張り、それで膣をめちゃくちゃに掻き回されては女はたまらないのではないか。

栓を失った女陰は長々と嵌められていたため未だ大きく口を開き、そのあわいからは潮が放った大量の精がごぼごぼと大きな音を出して漏れ落ちた。

それがもったいないとでもいうかのように、勃起したままの剛直を、潮は再び快楽の残《ざん》滓《し》にヒクつく女陰にねじ込んだ。

衝撃に意識を取り戻した椿はついに袂を口からこぼし、涎を垂らして獣のような声を上げた。

我に返った銀次郎は、弾かれたように神社を飛び出した。

情交というにはあまりに凄まじく、官能の頂点までも突き破るかのような壮絶な光景に、覗き見ていた男は腰の抜けたようになり、全身にひどく汗をかき、何度も転びかけながら下宿先に戻った。

引き戸を閉めた途端に土間に尻餅をつき、銀次郎は呆然として動けなくなった。上手く息ができず、肩を大きく上下させ、必死で呼吸を整えた。目の前が白く霞み、意識を失う寸前だった。

銀次郎はしばらくその場に座り込んで、息だけをしていた。はたと我に返ると、何やら股が冷たい。

失禁でもしたかと慌てて袴《はかま》の紐を解くと、そこにはべったりと精液がこびりついていた。指ひとつ触れることのないまま、銀次郎は射精していたのだ。

(なんちゅうもんを……見てしもうたんじゃ……)

目の裏にしっかりと焼き付いているあの鮮烈な色地獄を反芻しながら、銀次郎は今更のように見ていたものの物凄さに震え上がった。

あのように濃厚で激しいものが男女の交わりなのだとしたら、自分がしていたものは一体何だったのだろうか。

椿の体の美しさ、みだらさ、そして潮の体の逞しい動きと、目を疑うほどの一部分。ひたすら椿を貪る潮と、ひたすら悦楽にもだえ抜き、絶頂の極みに恍惚としていた椿と。

(世の中には……あねぇなもんがあるんか……僕は……ほんまにこんまい世界で生きとったんじゃな……)

世界を股にかける冒険譚や、痛快な活躍を見せる英雄譚を好んでいた自分だが、それはまったく赤子のような愉しみであったのだ。

しかし、銀次郎以外の男女も、あの二人に比べれば皆子どもも同然である。あんな官能世界は、あまりにも常軌を逸している。あんなにもはっきりと見たというのに、白昼夢だったのではないかと疑うほどに。

まるであの世でも見たかのように、銀次郎はしばらくあの極彩色の光景に囚われ、動くことができなかった。

数日後の夜、銀次郎は酒宴に誘われて、あの歓迎会をしてくれた青年会の面々と酒を酌み交わした。

彼らはまた二人のみだらな噂を捲し立てて下品な笑い声を上げていたが、銀次郎は到底それに付き合って笑う気になどなれない。

そんな下賤な噂話で済まされるようなものではなかった。きっと男たちもあれを目の当たりにすれば、誰もが言葉を失い、軽率に話題にすることなどできなくなるだろう。

あれは『鬼気迫る』という言葉が当てはまるほどに、凄絶な光景だったのだ。

しかし銀次郎はいつまでもあの二人の交わりに魂を抜かれている場合ではなかった。見た直後はあまりの衝撃に何もする気力がなくなり、半日寝込んでしまったほどだったが、実家から夜海島に戻ってきて以来、日に日にやはり宝を見つけなくてはという思いが強くなっていた。

椿と潮の交わりは銀次郎を打ちのめした。その夜冷えた布団を一人で温めながら、ひどく虚しい思いに囚われもした。

しかし、宝探しは自分にしかできないことだ。島の人間は呪いを恐れて探そうとはしない。何も知らず島へやって来た人間は宝の存在すら知らぬだろう。今このとき、自分がどうにかしなければ、祖父の友人の死も辰治の死も、すべて何の意味もないことになってしまうのだ。

宴もたけなわになった頃、最近ではいちばんよく話している丈吉を捕まえて、辰治のことを語り合った。

「辰治のことは残念じゃったのう。わしはあいつがまだこの島におった時分につるんどったんじゃ。昔から無鉄砲で、気の短い困った奴じゃった」

丈吉は辰治の幼馴染だったらしく、思い出話をしては洟《はな》をすすっている。

「あいつ、妙な欲を出して宝なんぞ探さにゃよかったんじゃ。まるで死ぬためにこん島に戻って来たみてぇでよぉ……」

「そのことなんじゃが……僕はどうしても辰治がああなってしもた理由が気になるんよ」

すぐ空になる丈吉の盃に酒を注ぎながら、銀次郎は表情を硬くして声を潜める。

「ええか、他の者には内緒じゃ。僕も宝探しをしようかと思うとる。辰治の足跡を辿ってみとうてな」

「何じゃと」

丈吉は酔いも一瞬で醒めた様子で、信じられないような顔で銀次郎を凝視する。

「先生、本気かよ」

「ああ。実は……僕の祖父が、宝探しにこん島へ来たことがあったんじゃ」

「ほんまか！」

声が大きくなる丈吉の太腿を叱るように机の下で叩き、銀次郎は小さく頷く。

「実家に帰ったときに確かめたんじゃ。もう四十年も前のことだそうじゃが」

「それで、先生の祖父ちゃんはお宝を見つけたんか」

「いや……結局見つからんかった。けど、僕は祖父の友人がこの島の宝のことを知った経緯が、ちと気になってしもて……」

銀次郎は食われた祖父の友人のことは言わなかった。もしもこの島に化け物などがいると言ってしまえば、それこそ瞬く間に島中に広がり、ひどい騒動になってしまう。

「そん人は道通神社の祭りで島の人間と知り合うて、宝探しに誘われたらしいんじゃ。島の人らは本土の祭りに行くこともあるんか」

「そらそうじゃ。笠岡や宮島の祭りに合わせて、親族皆で漁船に乗って遊びに行きよる。こん島は狭いもんなぁ。わしはそうやって船で外の祭りに行くんがぼっけぇ楽しみじゃったわ。しゃぁけど……島の人間が宝のことをわざわざ話したんか」

丈吉は苦い顔をする。

「そいつも意地が悪いのう。どうせお宝が呪われとるっちゅうことは言わんかったんじゃろう」

「ああ……多分、そうじゃな」

「まぁ、言うてもよそ者なら信じんかもしれんけどな。島の人間はよっぽどのアホウでない限りは宝探しなんぞしようと思わん……辰治みてぇに半端によそ者みてぇな奴以外はな」

「その、島を出て祭りに行くっちゅうんはしょっちゅうなんか」

「しょっちゅういうほどでもねぇ。祭りのあるときじゃけぇ。一年に……そうじゃのう、三回程度じゃろうかのう。その年にもよるわ。今年は網元の前当主様が亡くなったけぇ、十月に行くはずじゃった宮島の菊花祭《きっかさい》も行かんかったし」

「その度に行った先で宝探しに誘う奴がおるんじゃろか……」

「さあ？　わからんなぁ……ああ、けど確かによそ者がコソコソ島に忍び込んで来るんも年に三、四度かもしれんな。うん……？　いや、そういやぁここんところはずっとそういう者がおらんのう」

「ほんまか。祭りには行っとったが、見慣れん連中はしばらく来んかったんか」

「ああ。わしが最後に宝目当てのよそ者を見たんはいつじゃったか……ええと、数年前じゃねんか。何じゃ、それがどねぇした」

いや、と言葉を濁しながら、銀次郎の背筋を戦慄が駆け抜ける。

(外に行く度に宝探しを吹聴する……よそ者にわざわざ宝探しをさせる理由……何かある……何かある！)

銀次郎はすでに歌の謎をほとんど理解したと思っている。綿津見の神社の裏手に、大潮の干潮の折に入り口が現れる洞窟があるはずだ。

次の大潮はもう間近に迫っていた。人目のない夜がいいだろう。

丈吉に訊ねておおよその干潮の時刻を把握した銀次郎は準備にかかった。

(すまん、祖父ちゃん……僕はどうしても隠されたお宝のことが知りたい……祖父ちゃんが得体の知れん誘いに乗って宝探しに行ってしもうたように、僕もこの気持ちを抑えられんのじゃ)

絶対に宝探しはするなと言っていた祖父の蒼白の顔が蘇る。しかし、何もせずにこのまま ずっと夜海島にいることは銀次郎には不可能だった。

辰治への義憤のためではない。確かに彼は短い間だったがこの島で数少ない友人と呼べる存在だった。しかし、辰治のために命を捨てる気で宝を探そうというのではないのだ。抑えがたい、純粋な好奇心なのだった。銀次郎の中の少年が、冒険心が、絶対に宝を見つけたいと暴れまわっているのだ。それは幼い頃から夢見ていた冒険譚が現実のものとなるという、名状しがたい興奮だった。

満月の夜、真夜中に銀次郎は用意していた小舟に松明をつけ、一人漕《こ》ぎ出した。昼間天気はよかったが、何やら生ぬるい風が吹いてねっとりとした冷たい夜気が肌に張りつくようである。

（ここじゃ……）

本当に丁度神社の真裏に、普段は見えなかった洞窟が見えた。とても小さく、これ以上大きい船では確実に中へは入れない。

銀次郎は苦心しながら慣れない動きで船を漕ぎ、洞窟の中へ進入した。すぐに岩場が迫り上がり、人が歩ける道が奥へと伸びている。小舟を繋ぎ、松明を持って慎重に進んだ。

徐々に空気は冷え冷えと凍てつく寒さに変わり、皮膚をぴたりと覆うような湿気は強くなる。

数分歩いただろうか。ふいに、嗅いだことのないような甘い匂いが漂い、はたと壁を見ると、椿が咲いていた。

(こねぇなところに、椿が……今は咲くような時期じゃぁなかろうに)

美しい白地に赤斑《せきはん》の椿である。ここにまで海水は入ってこないのだろうか。どう種が吹き込んだのかが謎だが、岩の割れ目のそこここから椿の枝が伸び、奥へ進むほどに花はあふれ返るほど咲き乱れていた。

その妙なる風情があの美しくみだらな娘を思い起こさせ、銀次郎は思わず、一房手折った。馥郁たる香りである。花には詳しくないが、椿とは通常こんな風に匂わないものなのではないか。

そんなことを考えていると、突然前が開けた。

円形の広場のような空間があり、まるでこの椿が門のように入り口を塞いでいた。それを押し分けて入ってみればまるで唐突に異空間へ飛び出したかのように異なる雰囲気の場所が広がっている。

そして、その奥には――。

「……人魚……」

それは、上半身は人の形をしていながら、下半身は魚の形をしていた。真っ青な肌である。よく見ると何やら青い粘膜のようなもので覆われている。物凄い形相で凝固しており、元の相好の見分けはつかない。いつ頃こんな状態になったのかはわからぬが、まるで死蝋《しろう》のように見えた。朽ちもせず、恐らく生きていたときの姿のまま、死んでいた。

歌の中の『蛇様』は、やはり他の言葉と同じく暗示であった。魚の鱗を持ち陸で生きる生き物——海と陸に跨るもの——かつて銀次郎が推測した通り、それは人魚という意味だったのだ。亥の子唄の蛇の箇所を変えさせたのは、『蛇様』がこの島で何より重要な存在だったからなのだ。

『さても恋しい夜海島の　海の太鼓に誘われて
ワダツミの顔を見ちゃぁいかん　まん丸輝く真っ暗け
娘の涙も乾く頃　蛇様迎えに来ちゃるけぇ
笑うか泣くか倒れるか
さぁさ　嵐がきよったぞ　返しんさい　返しんさい』

銀次郎の頭の中で椿の歌声が鳴り響いている。

笑うのは人魚だ。泣いたり倒れるのは人間だろうか。倒れるのは死んだ者、泣くのは何十年経っても悪夢を忘れられない祖父のような者か。

嵐が来た、返せ返せ——恐ろしいことが起きるから引き返せという意味だろうか。それとも、他の意味があるのか。

呆然としながら銀次郎は円形の広場を観察する。その中央に窪みが掘られ、そこに水が張ってあった痕跡がある。そして、壁に沿うように並び折り重なっていたのは、人の骨だ。

その光景が意味する事実に、銀次郎は戦慄した。

（人魚が……人を食ったんじゃ……祖父ちゃんの仲間も、あの骨の中に……）

そのとき、首に恐ろしい力が巻き付いた。

「うぐぅ」

銀次郎の喉から潰れたような呻きが漏れ、頸部を圧迫される苦しみで顔面が破裂しそうに真っ赤に膨張した。

死にもの狂いでもがき、手にしていた松明が落ちた。もう片方に持っていた椿を振り回すと、それが背後の人物に当たる感触があり、どういうわけかその瞬間、首を締めつける力が緩んだ。

「うわあああああ」

銀次郎は渾身の力で相手を突き飛ばし、逃れた。地に落ちた松明に照らされた者の顔が一瞬見えた。

護身用に懐に忍ばせていた小刀で戦う余裕などない。来た道を灯りなしで転げるように逃げた。幾度も岩にぶつかり、つまずいて転び、それでも駆けて駆けて、一生分走ったような心地で、手探りで小舟を見つけ出し、繋いでいた縄を切って全力で漕ぎ出した。

(人魚はおった……じゃが死んどった……餌《えさ》じゃ……よそ者に宝探しをさせたんは、人魚の餌をおびき出すためだったんじゃ……)

丈吉は何と言っていたか。数年前に宝探しのよそ者を見たのが最後だと言っていた。恐らくその頃に人魚は死んだ。何らかの手段で殺された。

トウビョウではない、それよりももっと恐ろしいもの——それは人魚だった。生きた人魚を閉じ込め、生きた餌をやることで堂元家は栄えていた。

宝はない。宝は人魚だ。

宝という言葉で外部の人間を呼び寄せ、人魚に食わせた。島の人間では限りがあり誰がいなくなったのかもすぐにわかってしまう。

歌で餌を撒き、それでもよそ者の訪いのないときにはわざわざ誘いをかけさせた。そうして人魚に捧げる人間を保っていたのだ。

だが、今人魚は死んでいる。それなのに辰治は死んだ。

辰治を殺したのは——。

浜に着いた銀次郎は丈吉の家に駆け込み、激しく戸を叩き叫んだ。

「丈吉、僕じゃ、銀次郎じゃ！　起きてくれぇ！」

寝ぼけた顔をしながらも丈吉はすぐに戸を開けた。ただ事ではない銀次郎の顔を見て目を丸くしている。

「おい、先生。こねぇな時間に、一体何事じゃ」

「あの男じゃ……潮じゃ……」

「何？　潮？」

銀次郎は喘ぎ喘ぎ、必死に喉から声を絞り出す。

「あいつが僕を殺そうとしたんじゃ……きっと辰治もそうじゃ……辰治は潮に殺されたんじゃ！」

人魚

——頼みます、頼みます。

すすり泣いているような、細かに震えた弱々しい声がする。

——もう、堪忍して。耐えられん。苦しい。

——頼む、頼む、後生じゃ……。

男は、眼前にひれ伏しながら時折ひきつけのように痙攣する女を見つめた。

男の双眸からは後から後から涙があふれ、足元の岩場に滴り落ちる。

——どうしてもか。

男の声も、女の声同様に哀訴するような切なさを帯びている。

——どうしても、食わんか。そねぇに苦しんでおるのに、食わんのか。

——お前のためにこれだけこしらえたっちゅうに、お前は食わんか。腐ってしもて、ひでぇ臭いじゃ。食えば楽になれるのに、お前は決して食おうとせん。

――もう決めたんじゃ。

女は血走った目を男に据える。かつて生き生きと澄んでいた美しい瞳は影もない。

――もう浅ましい真似はせんと。あの子を産んで、わしは食うことが苦痛になった。こねぇな鬼のような女が母親では、あの子が気の毒じゃ。

――わしは知ってしもうたんじゃ。母であることを。子を愛する心を。子の半身を食らうことは、もうできん。

――もう『蛇様』は終いじゃ。わしはもう、消えたい。生きていても苦しみが続く。頼む。どうかわしを、楽にさせてくれ。

男はとうとう号泣し、膝をつき、女に縋りついた。

――わしは嫌じゃ。お前を……失いとうはない。

――代々の当主が、何百年も『蛇様』に……お前に仕えてきた。それなのに、どうしてよりによってわしの代でお前はそねぇなことを言うんじゃ。消えたいなどと……わしを苦しめるようなことを言うんじゃ。

男は青白い女の頬に幾度も接吻し、固く抱き締めた。女は優しく微笑み、男の髪を撫でた。

――あんただからじゃ。

――あんただから……わしにこねぇな優しい、柔らかい心を与えてくれたあんただから、頼むんじゃ。子を与えてくれたあんただから……。

――むごい。お前は、あまりにむごい。

男は咽び泣く。

――わしがお前をこねぇに思うているのを知っていながら、わしに引導を渡せと言うんか。わしにお前を殺す毒を持ってこい言うんか。

――言うたじゃろう。あんただからじゃ。あんた以外には頼めん。

女の決意は変わらない。それを悟って、男はただただ泣いた。

――きっとまたここに閉じ込めれば気も変わるじゃろと思うたのに……わしが殺して置いてもお前は食わずに腐らせる。何人やっても同じじゃった。

――ほんまに……ほんまに、もうおえんのか。

男の哀願が虚しく洞窟に響く。

女はすでに命が消えた後の世界を見つめて微笑んでいる。

――長かった……。生まれて千年。捕らわれて五百年。『蛇様』――鬼女じゃった半生も、ようやっと終わる。

――ここで終いじゃっちゅう意志を込めて、あの子に名付けたんじゃ。わしを……人食い人魚を遠ざける花の名を……。

＊＊＊

ハッと目が覚め、椿は俊敏な獣のように飛び起きた。

妙な夢だった。やけにはっきりと頭に残っている。なぜ、今こんな内容のものを見たのか。今まで見た夢などほとんど覚えてもいないというのに。

（男は……若いが、あれは父様……？）

ということは、病み衰えたように憔悴していた女の化け物は——。

いや、そんなことよりも。

（何じゃ……この胸騒ぎは）

どんどんと不穏な鼓動が胸の奥で暴れている。

何かが起きているのだ。そう直感した。

昔から突然、何かの勘が働くことがあった。そしてそういった感覚はいつも必ず当たっていた。

椿は迷わず立ち上がり、浴衣の上に丹前を羽織って隣の潮の部屋に駆け込んだ。

だが潮の姿はない。厠《かわや》も見たが、そこにもいない。

こんな真夜中に潮の姿がないのは明らかにおかしかった。夜は自分といつものように交わり、部屋に引き取ったはずなのだ。さしもの潮とて疲れて深い眠りについているはずの時分だった。

(どこへ行きよったんじゃ、潮……)

椿は外に出る決意をした。素早く着物を着て帯を締め、潮のくれた帯留めをつけ、洗い髪のまま草履をつっかけて、庭園へ降りた。

すると何やら表門が騒がしい。今姿を見せるのは躊躇われて、椿は母屋の壁伝いにそちらへ近づきながら耳をそばだてた。

「じゃけぇ、ここに潮の奴が帰って来とらんかと聞いとるんです」

声を張り上げているのは、漁師の青年だ。確か死んだ辰治と仲のよかった者である。そして、その隣にはあの教師がいる。ひどく青ざめた顔をして、首には何やら痣のようなう っ血の痕があった。

捲し立てる男に対応に出た女中は目を擦りながら呆れ果てた様子だ。

「こねぇな夜中に帰るも何もねぇでしょうが。いい加減にしてください」

「潮は洞窟に行ったはずじゃ。それが屋敷に戻って来たか来とらんか聞いとる！」

いよいよいきり立ち、怒鳴る男に女中はすくみ上がる。何事かと他の奉公人も出てきて、いよいよ真夜中の堂元家は騒がしくなる。

「こいつは、潮に殺されかけたんじゃ。お宝の隠されとった洞窟でじゃ。潮は辰治も殺したはずじゃ。出さんと言うなら、これから乗り込むぞ」

漁師の後ろには、後から後から村の男たちが押し寄せてくる。それに勢いづいているのか、慌てふためいている女中を押しのけて屋敷に乗り込んで来そうな気配である。

普段ならばここで自分が飛び出して恫喝する場面だが、男たちが潮を攻撃しようとしているのなら話は別だ。なぜならば今潮が部屋にいないことを椿は知っている。そして、殺気立つ男たちよりも先に、椿が潮を見つけなければならないからだ。

（こうしちゃおれん……！）

椿は裏口に回って、表門で男たちと屋敷の者らがやり合っている間に屋敷を抜け出した。人目につかない獣道を辿りながら、月明かりを頼りに先を目指す。今宵は幸運にも満月だったので、松明がなくとも、足を滑らせることはなかった。

（どこじゃ、潮……どこへ行った……）

直《じき》に行雄が対応に出てくるはずだ。そして潮を捕まえると言われれば、行雄は一も二もなく同意し離れの部屋に乗り込んでくる。

その後は村中を探し回るだろう。さすがの潮でも、島民のすべての男どもに囲まれれば逃げる場所はない。

(あいつ、洞窟で潮に殺されかけたと言うておった……ちゅうことは、洞窟から屋敷までの道に潮はおらん。とすると……)

身を隠すのに丁度いい場所を探すとすれば、恐らく山だ。そこしかない。

推測はすぐに確信に近いものに変わる。

椿は着物の裾をからげて山へ向かって走った。潮が本当にあの教師を殺そうとしたのかどうか、そこに惑う暇もなかった。

ただ、今すぐに潮に会わなくてはいけなかった。

まだ話したいことがたくさんある。潮にずっと隠してきたこともある。すべて打ち明けてしまわないといけなかった。

会えなければ、今生の別れとなる——その予感は、山道を急ぐ椿の胸を押し潰すように迫っていた。

＊＊＊

轟々《ごうごう》と嵐の訪れを告げる風が鳴り始めている。

あの教師を逃がしてしまった。直に村中にこの場所が知れ渡ってしまうだろう。

(仕方ねぇ……守れないんじゃったら、ここで供養する)

潮は訪れるかもしれないと考えてきた『そのとき』がやって来たのを知った。用意してあった油を振り撒き、燐寸《マッチ》に火をつけ放った。

火は勢いよく燃え広がり、洞窟はあっという間に紅蓮の炎に呑み込まれた。踊る火影に横たわるものが侵食され、炎が噴き上がるのが見えた。

潮は胸を痛めたが、もうこうするしかなかった。自分が探し求めてきたものは、結局はこの結末でしか収束しなかったのだ。

(もう……ここにはおれん……)

潮は洞窟を出て、一度堂元家に戻ろうとした。椿に会うためだ。

だが、すでに屋敷の前には村人たちが集っていた。そして背後にも、数人が松明を持って騒いでいるのが見えた。

潮を捜しているのだ。早速あの教師が声を上げて回ったに違いない。

引き返す道を塞がれ、潮は仕方なく山を登った。その先にあるのは崖で、真下が海であることもわかっていたが、他に行き場がなかった。

頂まで登り切ると、さてどうしようかと考え込む。

あの洞窟のことを知った村人たちはそこへ行こうとするだろう。しかし、すでに潮が満ち始める時刻である。道は塞がれ、再び通じる頃には、すべてが灰燼《かいじん》に帰している。

そうなれば自分は役目を終えたも同然だった。最善の結果ではなかったが、あの死体を見つけてしまった以上は、こうなるのも時間の問題だった。

「潮……」

ひっそりと名を呼ばれ、振り返る。

するとそこには、どうやってここがわかったのか、愛しの女主人が悲しげな顔で立っている。

潮の胸は喜びに華やいだ。もう会えないかと思っていた。だが、この可能性にかけてここに留まっていたのだ。

「椿様……何でここが」

「わからん。ただ、ここにおるような気がした。他に身を隠せる場所もないけぇ」

椿がそう思うということは、他にも同じことを思いつく村人がいるだろう。直に彼らはここに押し寄せる。

とすると、やはり道はこの下にしかない。潮は崖下へと視線をやる。

風は湿り気を帯びいよいよ強く吹き荒れる。潮は断崖に立ちながら、島を見つめている。

ふしぎな感覚だった。もうこの島での日々が終わるのだと思うと、あれほど村民を嫌悪し、嫌な村だと思っていたにもかかわらず、どこか恋しいような、離れがたいような心地になる。しかし、それはこの島で愛おしい人と出会ったからだ。

椿の白い顔はますます色を失い、僅かに乱れた息に胸を大きく上下させていた。強い気力でしっかりと立ってはいるが、きっと今にも崩れ落ちてしまいそうなのを、奮い立たせているのだという気迫が伝わってきた。

「潮。東野先生と村の男どもが、血相を変えて騒いどるぞ。お前に殺されかけたんじゃと。宝の洞窟で、潮が首を絞めてきたんじゃと」

「ああ……そうか」

「お前が辰治も殺したと言うておったぞ」

「うん……わかっとる」

「ほんまか」

「ほんまじゃ」

短く答えると、椿は俯いて黙っている。潮の胸が刃を呑んだように鋭く痛んだ。

すべて椿と生きるためのことだった。椿とのこの島での暮らしを守っていくためには、払わねばならない犠牲だった。けれど、そう口にすれば椿は悲しむだろう。そんな風に考え、潮は他の理由を必死で探した。

「椿様。俺は……」

「潮。お前……、記憶が戻っとったな」

突然核心を突かれて、潮はドキリとした。

顔を上げこちらを真っ直ぐに見つめる椿の瞳は、青く澄んでいる。

潮はしばしその目の美しさに見とれ、ゆっくりと頷いた。

「いつからじゃ。やはり、兄様に殺されかけたときか」

「ああ。手足を縛られて海に沈められて……そのとき、わかった。自分が、何者じゃったんかを」

「そうか……」

椿が気づいていたことは、ふしぎとストンと胸に落ちた。賢い人だ。特別な力がある。いくら変わらぬように振る舞っていても、やはり記憶を取り戻したことによる差異は、この人の前では隠せないだろうとは思っていた。

しかし、椿は記憶以上の潮の真実を、出会ったときにはもう理解していたのだ。

「潮。すまんな。わしはな、知っておった。お前が……人間じゃねぇのを、知っておった」

「え……」

「腰から上は変わらんが、お前の下が魚なんを、わしは見ておったんじゃ」

一瞬、絶句した。

一体どういうことなのか。なぜ知っているのか。

混乱しかけて、すぐに思い至った。潮は浜辺に倒れていたのだ。下半身を波に洗われながら。

「脚が……乾く前じゃったか」

「ああ。海に浸かっとったお前の下半身には……ヒレがあり、鱗があった。わしは、それが徐々に人間の脚に変わっていくのを、ずっと見ておった」

ここにきて初めての告白に、潮は驚きに打たれ、しばらく言葉を失った。

潮が生まれたのは二百年前。

一族の中では年若く、陽気で、愚かで、血気盛んだったが、誰より美しい青みがかった銀色の鱗と、燃えるような赤銅色の皮膚とを持っていた。

一族は方々の海に棲んでいたが、潮の生まれた場所は当時最も同胞の数が多かった。流れは緩やかで水は温かく、美しい色の魚たち、甲殻類、珊瑚、海藻、すべてが豊かで自由な場所だった。

普段は太陽の光の届かぬ深い場所に棲んでいる。一族自らが放つ光、魚たちを始めとした深海の生き物たちの光、そして宮殿の中は紫、青、緑、様々な色の綺羅びやかな灯りであふれ、絶えず立ち上る無数の泡がその光を反射し、虹さながらの美しい光彩に満ちている。陸上とはまるで違う、さながら別の星に来たかのような世界が広がっているのだ。

潮が海神の命を受け、数人の仲間たちとその住処を離れたのが五十年前だ。

海神の娘の一人が、潮の生まれる前から姿を消していた。賢く慎重な王女であった彼女は、自ら出奔《しゅっぽん》するはずもなく、恐らくは人間に捕らえられてしまったのではあるまいかと常々皆が捜している存在であった。

若い青年たちは王女を捜し求め各地の海を漂った。捕らわれの人魚の噂を聞いては陸に上がり、その土地を丹念に調べて回ったが、なかなか見つからない。ときには、王女以外の人魚を発見し、救助することもあった。

（あの頃の俺は人間をただただ軽蔑し憎んでおった。愚鈍で劣等な生き物……我らの永劫の命を欲して野蛮な行いを繰り返す無様な醜い動物だと思うておった）

命の長さも、知恵も、肉体の強さも、一族とは比較にもならない。

潮たちは秘術を使う。人にもなれる、そして海蛇にもなれる。肉体は不死に近く傷を受けてもすぐに癒える。言葉もその土地へ行けばすぐに理解し記憶する。

それは生まれたときから備わっている力で、成長したり減衰したりするものではない。生物として人間とはあまりに隔たりがあり、理解することもなかった。

何より、本来ならば種としての能力が優秀な自分たちを人間は捕らえて殺し食おうとする。彼らの知能は潮たちよりも下ではあるが、彼らは成長しその知識を受け継ぎ更に磨いて進化させてゆくという習性を持っている。そのため、自分たちを人魚と呼び、その生態を把握し、また不死に近い肉体を殺す手段をも知っている者たちが存在したのだ。

だから人間に人魚であることを露見してはいけなかった。潮たちは人間を憎悪し侮蔑しながら、また恐れてもいたのである。

だが、最悪の事態が起きた。

八年前。

南国に滞在していた折、仲間の一人が人間の娘と恋仲になってしまった。彼は一人この地に留まると言った。しかし、それは不可能だ。次第に歳をとらないことを怪しまれるであろうし、その国では人魚が不老不死の薬になると知れ渡っており、長く滞在することは危険だった。

人魚も人に恋をするのか。潮には衝撃的だったが、元より半身は同じ姿。幻想を抱いてしまうのやもしれぬと、仲間たちは彼を諦め、その島を離れようとしていた。

しかしそんなときに、恋仲の娘から話を聞いた娘の父親が、潮たちが人魚であると気づいてしまう。

村人たちは人魚を殺す唯一の手段である特殊な毒を用いて襲いかかってきた。そのとき丁度嵐がやって来て、仲間たちはそれぞれに傷を負い、散り散りとなってしまった。

毒で体が弱ったためにすぐに癒えるはずの傷も癒えず、潮は半死半生のまま海を漂った。そうして、夜海島の浜に流れ着いたのである。

怪我をし、意識を失って浜に流れ着いた潮の体の変化を、椿は一人で見つめていたのだ。人魚は意識があれば自らの意志で人間になることも海蛇になることもできるが、意識がなければその環境に合った姿に体が自然と適応する。陸にいると判断した潮の肉体は、脚を人のものに変化させている最中だった。

しかし、彼女はその奇妙な生き物を、普通の人間を介抱するのと同じように助けたのだ。普通ならば、逃げるか捕らえるかするだろう。潮は椿に見つけられたのでなければ、恐らく助からなかった。

「何で……何でそねぇな化け物を助けたんじゃ。屋敷にまで連れ込んで……目が覚めたら何するかわからんのに」

普通ではあり得ないことだった。仲間も人間と関わってひどい目にあったのだ。人と人魚が共存することは考えられなかった。

椿は潮を見つめ、何を当たり前のことをとでも言うように苦笑した。

「前にも言うたじゃろう。お前は、きっとわしと同じじゃと思うたと」

「……同じ？」

ああ、と頷き、椿は周囲を気にしながら、心を落ち着けるように胸に手を当てて言葉を続けた。

「わしが海をきょうてぇと思うとったんはなぁ……自分が、海の中になんぼ長く潜っとっても、平気じゃと気づいたときじゃった」

「……呼吸ができた、ちゅうことか」

「ああ。陸と何ら変わりのう息ができた。あんまり普通で、最初はそういうもんなんじゃと思うとったなあ」

なるほど、と潮は得心がいった。

椿が自分を同じだと思ったのは、そういうわけがあったのか。

「子どもの頃に、大人がやるようにな、潜って貝でもとっちゃろ思うて、やってみたんじゃ。そしたら、いつまで経っても苦しゅうならん。楽しゅうてそのまま色々遊んどったら、女中が大慌てで飛び込んできよった。わしが溺れたと思うたんじゃな」

「そりゃぁ、そうじゃろ。人間じゃ限界がある。ましてや子どもじゃ。肺に溜めておける空気もそねぇに多くはないのに、いつまでも上がってこんから慌てたんじゃ」

「そういうことじゃろうなぁ。あんまり普通に長いことおって、何にも特別なことだとは思わなんだ。誰かに習うたんでもねぇ、真似したんでもねぇ。海に潜ったら、そうなっとった。今思い出してもふしぎじゃ」

ただでさえ村人に特別視されていた椿が、自分でも他の人々とあまりに違う点に気づいてしまったときの驚きと恐怖は、いかばかりだっただろうか。

椿は本当の意味で海が怖くて近づかなかったのではない。己の別の姿を見てしまうことが怖かったのだ。

「わしは自分が普通と違うことに気づいて、恐ろしゅうなった。それ以来、海には近づかん。化け物になってしまうのがきょうてかったんじゃ。人間でない何かになってしまうんが……恐ろしかった。じゃけぇ、普通でないお前を見つけて、嬉しかった」

「……そうじゃったか。椿様は……とっくにわかっとったか」

「すまん。記憶のなくなったお前に何も言えんで。しゃぁけど、お前が人魚じゃと教えたら、記憶が戻ってしまう気がした。そのまま、海へ帰ってしまう気がしたんじゃ」

縋りつくような椿の眼差しに、潮は喜びを覚える。

自分を異形のものと知っていてなお、欲してくれていた。側に置いておきたいと願ってくれていた。こんな切羽詰まった状況にもかかわらず、潮は歓喜に包まれていた。

椿が自分を助けた理由は何かの意図があるでもなく、目的があるのでもなかった。ただ、自分と同じだからという理由で、側に置きたいという純粋な欲求ゆえの行動だったのだ。

「わしは、お前を手放しとうなかった。初めて出会った、きっとわしと同じような生き物じゃ。じゃから……黙っとった。わしの側にいて欲しかったけぇ……お前の気持ちも考えんと、何も言わんかった。八年間も……すまん」

「椿様。謝らんでええ。記憶をなくした俺が悪い。それに……どねぇに早う思い出しても、結果は同じじゃった。俺はあの洞窟を守り、暴こうとする者がおれば、殺したじゃろう」

「お前が……あの先生を殺そうとしたんは何故じゃ。辰治も……」

潮はずっと他の理由を考えていたが、何も思いつかない。

この状況で白々しい嘘をつける自信もなく、潮は白状する。

「……椿様のためじゃ」

潮の答えに、椿は顔を歪めた。

「一体……どういうことじゃ。わしのため……？」

「ああ。椿様とおるために、殺した。俺が椿様とこの島に留まるためには、そうせにゃおえんかった」

潮は記憶を取り戻し、自分が何者なのか、自分の使命が何であるかを思い出した。

王女を捜し見つけ出すこと。そして、この島にはその気配がある。

椿が潮が倒れているのを見つけた場所は、あの洞窟からそう離れてはいない。そこに同胞の匂いを嗅ぎつけて、潮は半死半生のままあそこへ流れ着いたのだ。

（宝……か。確かに一族の宝だったはずじゃ。生きておれば……）

行雄の企みで手足を縛られ海に投げ込まれたその瞬間に、潮は記憶を蘇らせた。夜の冷たい瀬戸海が、潮に己が何者であるかを教えてくれた。体に力が満ち、手足の縄はいとも容易く千切れた。脚には銀の鱗が生え、絹のような尾びれが伸び、潮は海深くへ潜りながら、水底の世界の歓びにひとしきり酔い痴れた。

そして同時に、探し求めてきた王女がすでに息絶えていることも悟った。なぜなら、夜海島の海には王女の死臭が漂っていたからだ。記憶のなかった頃の潮が海を怖がっていたのは、この臭いのためだったからかもしれない。

しかもその死の臭いはさほど古くはない。せいぜい十年以内の話だ。

（俺が、もう少し早くここへ来ておれば……）

しかし、潮がこの夜海島へ流れ着いたのは怪我をして半死半生のまま、ほぼ無意識でやって来たもので、普通に捜していてここを見つけられたかどうかはわからない。そうなると何もかもが必然に思える。潮にとって最も大きな必然は椿との出会いだ。

椿――潮はこの女主人に関して、記憶を取り戻すと同時に、ある重大な事実にも思い当たっていた。

それは、椿が王女の娘であるということである。

(俺は、椿様を見た瞬間に、この人にお仕えせねばと感じておった。それは、椿様の体に海神様の血が、王女の血が流れておったからじゃ)

海神は龍だ。海がこの世界にできたときから生きている。人魚はその眷属だった。龍神は海が孕む様々な命と契り、新たな生き物を生み出していた。人魚はそのひとつで、椿の母のシズカは龍神自らが産み落とした最初の人魚のひとつであった。

記憶を失っていた潮には、なぜ椿をこうも崇めてしまうのかわからず、ただそれが椿の人徳であるためと思ってきたが、そこには明確な理由があったのだ。

記憶の戻った翌日の夜、洞窟へ入った後に王女の死骸を見つけ、潮は旅の終わりを悟った。何年もかけて捜し続け、命の危うい場面さえあったにもかかわらず、最悪の結末を迎えてしまった。

「あの洞窟を……人に知られてはおえんかったちゅうことか。お前がわしとこの島におるために……」

「ああ。その通りじゃ」

「何故じゃ。あの洞窟には何があった」

「……捜しものじゃ。俺と仲間たちは……ずっとそれを、捜しておったんじゃ。じゃが、それはすでに死んでおった。洞窟の中で……」

この場で椿にそれが母親であると告げるのは酷なような気がして、潮は口をつぐんだ。すでに死んでいたためもあるが、それよりも残酷な事実に、あの洞窟に入ったときに気づいたからだ。

（王女は……人を食った。そして、椿の檻であの洞窟に閉じ込められておった……）

古来から人魚の血肉は不老不死の妙薬として知れ渡り、稀《まれ》に人間に見つかれば捕らわれる危険があった。そして殺されるよりももっと厄介なのが、人の味を覚えることである。

人と龍の間にあるもの。人魚が己の半身を口にしたとき、その魂の色は変わる。

ひとたび人を食えば、人魚はそれなしではいられなくなる。その味を忘れられなくなる。

普通ならば口にしないが、何らかの機会に食ってしまえば、食わねば激しい禁断症状に見舞われひどく苦しむことになる。

人が人魚を食えば、人魚のように不老不死になるか、死ぬ。人にとっての人魚は毒にも薬にもなる劇薬であり、人魚にとっての人は阿片なのだ。

そして、あの洞窟の奥にこぼれるほどに咲いていた、白地に赤斑の椿。

それは、人魚の肉のために不老不死となった八百比丘尼という女が、各地を巡って植えて回った花である。

その花は人魚の肉で死んだ者の死骸から生えた特殊な椿だという。これには、人を食った人魚が近寄れぬ効力があった。八百比丘尼は、人食い人魚を近寄らせぬため、この花を植えたのである。

（じゃが……俺は人を食うておらんのに、あの椿には嫌なもんを感じる……。あの教師が椿をぶつけてきたとき、思わず怯んだ。俺は、人は食うておらん……しゃぁけど、人を殺した。それが原因か……）

王女が何百年もの間あの洞窟に閉じ込められていたのは、あの椿のために出て行かれなかったからだ。それに気づき、潮は何とも言えず苦しく、虚しい心地になった。人とは、何と残酷なことをするのかと。

「お前が捜しておったということは……人魚か」

「ああ……」

「それが、死んでおったのか。あの洞窟で」

椿の問いかけに潮は微かに頷く。

自分が告げずとも、恐らくその洞窟で死んでいた人魚が何なのか、聡い椿は気づいているだろう。

　椿は自分の母親が人ではないものだと知っていたはずだ。自らが普通の人と違うことを幼少期に把握していたならば、いなくなった母親が異形であったと考えるに違いない。だからこそ、潮は言えなかった。詳しく語ることになれば、椿は自分の母が人を食べていたと知ることになる。そんな酷い事実は、知らなくてもよいはずだ。

「人魚をあそこに閉じ込めておったんは、堂元家か。家のために、人魚を捕らえてあそこに祀っておったんか」

「ああ。人魚の力で家を栄えさせて欲しい。そう願った堂元家のご先祖が、人魚を捕らえて閉じ込めておいたんじゃ」

「宝は人魚じゃったちゅうことか……」

　椿は複雑そうな表情で首を傾げている。潮がすべて明らかにしていないことで、どこか納得しかねる部分があるのだろう。利発な椿は潮が何か隠していることに気づいている。これまで積み上げてきた推理と辻褄が合わないのかもしれない。

　五百年前の堂元家当主は、王女に人を食わせ、洞窟に椿で閉じ込め、人を与え続けた。宝の在り処を示す歌を歌いながら、宝は呪われていると言い、島の人間は遠ざける。村人は怯えさせて、よそ者には宝とだけ言っておびき寄せる。

餌だ。人魚に与える餌。村人がどんどん減ってしまえば怪しまれる。しかしよそ者ならば構わない。突然消えても島の人間は誰も気にかけない。その仕組みを上手く回すための巧妙な絡繰《からく》りがこの島にはあった。

「人魚は海神の眷属じゃ。人間は蛇や狐を祀るが、人魚はそれより強い力を持つ。それを堂元家の者は知っておった。長く海賊をしとった一族らしいけぇ、それで人魚の知識を持っとった」

「それで代々の当主が人魚の洞窟を守っとったんか……潮が捜しとった人魚を閉じ込めて、その力で家を栄えさせてくれと……」

椿の父親が、禁忌を破った。人魚に惚れて、洞窟から連れ出した。

元々、人魚は存在自体が人を惑わすものらしい。歌えば強かに酔わせ、船も沈める。その容色にも人は惹かれる。人に化けていてもどこか違うあやかしの気配を人は無意識に感じ取るのかもしれない。

だから代々口伝で人魚の扱いを伝えられてきたという堂元家では、人魚の言葉に、容顔に惑わされるなというものもあったはずだ。しかし、錦蔵はそれを守らなかった。そして人魚の虜となり、破滅の道を進んだ。

（あの御方も代々の当主の言葉からこの土地の言葉を話すようになったはずじゃ。きっと洞窟から出てぇとはずっと思うとったはずじゃが、人を与えてくれる環境は好ましかった。じゃから、誘惑して穴から出て、しばらく人の振りをしとったんじゃろう。妾として離れにおって、椿様を産んだ……。もちろん、その間も人は捧げられたはずじゃ。人を食わんと禁断症状が起きる)

人を食った人魚は深海に戻れない。人のいる陸でなければ生きていけなくなる。しかし、自分が人魚であることを隠しながら、人を捕食し、人の中で生きていくのは至難の業だ。この島で網元の当主に囲われていれば、その環境が安々と手に入る。

しかし、なぜ王女が元いた洞窟で死んだのかは、潮にもわからない。

妾としての生活が嫌になった彼女が変化を望んだのだろうか。前当主はいつまでもあの離れにいて欲しいと願っていたはずで、その日々が終わるには女の意志が影響していたように思う。

(王女は椿様を産んで、国に帰りとうなったんじゃねんか。できんとわかっていても、母となって心境が変わったか……それを男が知って、逃げられるくらいならと殺してしもて、その後洞窟に葬った……それか……生きたまま再び洞窟の奥に閉じ込めたが、あの御方が何らかの手段で——たとえば他の男を利用するとか——男が我を失うような行動に出て、男が耐えきれずにあの御方を殺した……人魚は不老不死じゃが、人魚の毒を用いれば死ぬ。

同胞の血肉は人魚にとっては毒となるんじゃ。堂元家には人魚を殺す毒も伝わっとったんじゃねんか）

錦蔵は今際《いまわ》の際《きわ》に、妾に繰り返し謝っていた。寝たきりになり意識も曖昧になってからは妾がすでにいないことも忘れて、ひたすら椿を妾と間違え夜な夜な求めた。

村の者たちが言うように、錦蔵は人魚を愛してからおかしくなったのだ。求めて求めて、いなくなってからも求めずにいられない。それは人を食った人魚が人を求めずにいられなくなるのと似ているのかもしれない。

ふと椿が首を傾げる。

「じゃが……、おかしい。その人魚が死んでおるのに、家は栄えとったぞ。豊漁もほとんどありゃせんのに、どういうわけか傾いてはおらなんだ。それは何故じゃ」

「それは……多分、人魚が最近まで生きておったんじゃろう……」

本当のことは言えなかった。理由は明確だった。

王女の血を引く椿がいたためだ。椿の存在で人魚の加護は成されていた。

トウビョウと同様に、代々大事にすれば福をもたらすが、粗末にすれば祟る。

人魚の力は大きい。もしも殺してしまえば、それこそ恐ろしい不幸に見舞われるはずだが、そうはならなかった。それは、椿がこの屋敷にいたためだ。

人魚の加護はその血を引く椿に受け継がれていた。もしも椿が何も知らず、島を離れて他へ嫁ぎでもしたら、堂元家は一気に衰えていたかもしれない。堂元家の衰退は、つまりこの島の衰退に繋がる。暮らして行けずに皆島を出て行くことになっていたのではないか。

(椿様にむごい仕打ちをしとったこの島に、椿様が福をもたらしておったとは皮肉なもんじゃ……椿様は何も知らずに……あの愚かな村人たちも、何も知らんで……)

何と哀れな、酷い物語なのだろう。誰も、何も救われない。人魚の加護は錦蔵の暴走によって絶たれ、椿もいなくなってしまえばこの島は終わる。それなのに、村人たちは椿を排斥しようとするのだ。

鼻先に物々しい気配を感じる。時間が残り少なくなってくる。

終わりが近づいているのだ。潮がここにいられる時間が。語ることのできる時間が。

「俺は、記憶が戻って捜していた御方を見つけたとき、本来ならもうここにおる理由はのうなってしもうた。あの洞窟は、あの御方の墓も同然じゃ。俺は、あそこを守らにゃぁおえんかった。人の手に彼女の体を渡さんために、その体を持ち帰るか、あの場所で守っておらねばおえんかった」

人魚の体は不変である。たとえ死んでも腐らず残る。

洞窟で死蝋のような形で横たわっていた王女を見つけたとき、潮は人を恨んだ。自分も人を食ってやろうかと思ったほどに憎んだ。

何百年もの間、秘かな堂元家の御神体としてあの洞窟に閉じ込められ、人を与えられ祀られていた王女。海神と同等である人魚を懐に抱いていれば、この海に囲まれた島で栄えるのに苦労はいらない。何代にも渡って利用していながら、最後には手前勝手に殺してしまうなどと、記憶の戻った潮には許せるものではなかった。

しかし、椿が王女の娘であると気づいたとき、あの生まれながらにして人を従えるような高貴な空気は、やはり王女の血のためであると得心したのだ。憎むべき人と王女の間に生まれた生命——椿を思えば、潮は己の中の憤りの炎が鎮まってゆくのを感じた。

記憶がなくとも、潮の本能は椿が仕えるべき人と感じた。そして、ずっと側にいる間に、恋慕の情は途方もなく膨らみ、記憶が戻ったあの夜の交わりを境に、決して捨てられぬものとなってしまった。

「俺は椿様と離れられん。それなら、遺骸も持ち帰ることはできん。じゃから、墓を守りながら椿様と共にあることを決めた。そのために……洞窟を見つけた、辰治を殺した」

「それなら……どうして、わしを……」

そのとき、人々の怒号が聞こえた。きっとここにおる、捜せぇ、殺せぇと恐ろしい声を上げている。

椿はハッと背後を振り向いた。

いくつもの松明が見える。その先頭にいるのは行雄だ。

「潮――っ！　おんどりゃぁ、堂元家の宝を燃やしよったな！　くそぅ、許さん、許さんぞぉ!!」

血の滴るような声で行雄が吠える。潮に怯えていたのが嘘のようだ。怒りで恐怖も消えたか、もしくは背後に何人もの村人を従えているからか。

もうこの先に逃げ場所はない。ここに留まれば数多の人を殺さなくてはならない。椿の目の前で、そんなことはしたくなかった。

兄の怒号に椿は眉をひそめる。

「燃やした……？　人魚をか」

「ああ。あの教師を殺せんかった。直にあそこに人が来る。じゃから、燃やして供養をした……それしかなかった」

本当はそのまま王女を抱いて海へ帰ればよかったのかもしれない。けれど、潮は椿に会いたかった。もうここにはいられないと告げなければならなかった。

(俺は……王女よりも、椿様を選んだんじゃ……俺が仕える御人は、海神の他には椿様しかおらん)

記憶のない間に、潮は骨の髄まで椿に染め上げられていた。潮の一挙手一投足は、椿のため。潮は椿に出会って以来、椿のためだけに生きてきたのだ。

本当は、いつまでも記憶など戻らないでよかったのかもしれない。何もわからず、椿の側に侍っていたかった。

けれど、そんな甘いひとときは終わったのだ。今このときが夜海島に立つ最後のときなのだ。

「潮！　おるんじゃろう、出て来んかぁ、このおんびんたれがぁ！」

村人たちの叫びに押されるようにふらふらと歩み寄る椿を、潮は手を上げて制した。

「……椿様。俺は、行かにゃぁおえん」

「潮……」

「俺は……ここにはおれんけぇ……あるべき場所に帰る」

別れの言葉だった。

潮は海で生まれ、海で生きてきた。椿と陸で暮らした日々は幸福だったが、それは夢の世界、お伽噺の世界なのだ。

「ここで終いじゃ。椿様」

「何を言うとるか、潮！」

吹きすさぶ風の中、洗い髪を乱して椿が叫ぶ。

「わしを連れて行け……わしもお前と行く。連れて行け！」

「椿様……」

困惑する潮の心を読み取り、椿は憤慨する。

「どうしてわしを連れて行かん。記憶が戻ったときに言えばよかったんじゃ。わしはこん島になど未練はねぇ。人魚の体と、わしを連れて島を出ればええじゃねんか」

「おえん。一度、こちら側に来たらきっと戻れん。椿様はまだ人じゃ。人であることをやめてしもうたら……」

「構わん。そねぇなもん、どうでもええ」

椿の目が光る。強い意志の焔が燃えている。

「初めてわしと同じもんを見つけたんじゃ。わしがお前を拾うた。お前はわしのもんじゃ。勝手にどこかへ行きよったら許さんぞ。人か人魚か、そげぇなことはどうでもええ。お前が拒否することはあり得ん。わしが潮と名付けたんじゃ、お前は潮じゃ。それ以外の名前なんぞねぇはずじゃ。どねぇな種類の生き物だろうが関係ねぇ」

捲し立てる声は悲鳴のようだった。威厳を保ちながらも、椿の声には追い詰められたような切迫した響きがあった。

ただ、失うことを恐れていた。置いていかれることを悟った幼子のように必死な声だった。言葉は威圧的であるはずが、縋りつかれているように思えた。行かないでくれ、連れて行ってくれと、子どもの椿が叫んでいるのだ。

「わしを連れて行け！」

椿の叫びは潮の魂を揺すぶった。

人であって欲しい。今のままの椿であって欲しい。

けれど、離れられない。椿と共にありたい。ずっと愛し合っていたい。

心を切るような苦しみを振り切って別れようとしたが、こんなにも求められて、拒めるはずがなかった。

いや、本当は、潮にはわかっていたのだ。

必ず、椿は自分を求めるだろうと。どんなに突き放したとしても、この胸に飛び込んでくるだろうと。

「ほんまに……ええんか」

「ええよ。ええに決まっとる」

椿の美しい目に涙が溜まっている。

「お前の隣が、わしのおるべき場所なんじゃ。そこが陸でも海でも……わしの世界は、お前じゃ」

「椿様……」

迷いなどなかった。

潮は椿を力強く引き寄せ、二人は固く抱き合った。

「俺は、あなたを二度と離さんぞ」

「離さんでええ。どこまでも連れて行け」

「ああ……」

潮は微笑む。その目には涙が込み上げ、キラキラと光っている。

潮は初めて泣いた。あふれてこぼれ落ちると同時に、涙の粒は美しい真珠となった。

「ようやく、手に入れた。俺だけの椿様……」

ずっとずっと熱望してきた椿との永遠。

何とか繋がりを確かなものにしようと孕ませることに執心した日々。

けれど、潮は知っていた。二人で愛し合える楽園を。人に邪魔されず、二人で生きていける場所を。

潮は人である椿を愛しながら、同時に自分と共に異形に堕ちてくれることも熱望していたのだ。

「おった！　潮がおったぞ！」

「椿様も一緒じゃ……あいつ、椿様を人質にでもするつもりか！」

とうとう二人を見つけた村人たちが、共にいる椿を見てどよめく。

巨体で山道を駆け上り嵐のような息に腹を弾ませている行雄は、憎々しげに潮を睨めつけた。

「おい、潮！　おんどりゃぁ、椿を放さんかぁ！」

「放さん」

暴風の中潮は朗々とした声を上げる。

「俺はこの人を二度と離さん。絶対にお前などにはやらん。お前のような汚い獣にはあまりに不似合いじゃ」

「何じゃとぉ……」

行雄は額に青筋を立てて怒りに震えている。松明に照らされ赤々と光るその顔は悪鬼そのものだ。

「何を勘違いしとるか知らんがなぁ……その淫売を盾にできると思うたら大間違いじゃぞ。おどりゃもそのアマもよそ者じゃぁ！　何も惜しいことやこねぇ、二人揃って八つ裂きにしちゃる！」

吠える行雄に煽られたかのように村人たちの罵声が嵐の中で轟《とどろ》く。

「そうじゃそうじゃぁ、こんよそ者どもがぁ！」

「お前らのせいで島の宝が消えたんじゃぁ、人まで殺しおって！　平和な島を返せぇ！」

「こん疫病神《やくびょうがみ》がぁ！　わしらの村にお前らが不吉なもんを持ち込んだんじゃぁ！」

人々は何も知らずに喚く。豊かさをもたらしていた椿を疫病神と罵る。

椿はもはや何も感じていない表情で、ただ潮を見つめた。心はすでにひとかけらも島には残っていない。

家のためを、村のためを思って行動していた椿に、村人たちはこの場所を捨てる最後の仕上げをしてくれたのだろう。

「行こう、潮」

「ああ」

二人はしっかりと抱き合い、頬を寄せ合った。

行雄がそれを見て怪鳥の鳴き声のように叫ぶ。それを合図にするように、村人たちはいよいよ黒い波の如く二人の元へ押し寄せた。手に銛《もり》や鍬や包丁を持って、獣のように罵声を上げ、獣のように走った。

潮は椿を抱いたまま、岩を蹴り、崖から大きく飛び降りた。

満月に照らされ、椿の着物の袂が蝶のように翻る。
あっと皆が叫んだ瞬間には、すでに二人の姿は見えなくなっていた。
そして、二度と上がってこなかった。

『さても恋しい夜海島の　海の太鼓に誘われて
ワダツミの顔を見ちゃぁいかん　まん丸輝く真っ暗け
娘の涙も乾く頃　蛇様迎えに来ちゃるけぇ
笑うか泣くか倒れるか
さぁさ　嵐がきよったぞ　返しんさい　返しんさい』
――返しんさい。早う人魚を海に返しんさい。
嵐が来るぞ。手遅れになる前に、返しんさい。

その日、記録的な大型の台風が瀬戸内を襲った。
滅多に台風の通らぬ晴れの多い地域であるのに、あまりに突然に発生した巨大な雷雲がまっすぐに瀬戸内海を貫いた。

嵐は夜海島を直撃し、一夜の内に波に呑み込まれ、島民のほとんどが流されてしまったという。

明治三十四年　十月二十七日。

あとがき

こんにちは。丸木《まるき》です。

ソーニャ文庫さんではこれで三冊目になります。三年ぶり！

そしてまた方言ものをやってしまいました。好きなので……。しかも今回は登場人物皆方言です。私が方言のほとんどないところで育ったので憧れるんですよね。東京では標準語で、地元に帰ると方言に戻る方もいると思うんですが本当に素敵だなあと思います。方言にはその土地の空気、匂いがあって、それだけで見える風景が広がります。は～いいなぁ方言……。

テーマはずっと書いてみたかったものです。多分まだ書いてなかったと思うのですが……。鬼やら狐やら人外ものは度々書いてきたんですが今回は海！　海なし県出身なので海も憧れます。海は綺麗で怖いです。大人向けお伽噺のような雰囲気にできたらいいなと思ってこのお話を考えました。

最後に、この本をお手にとってくださった皆様、美しく可愛らしく艶やかな挿絵を描いてくださった幸村《ゆきむら》佳苗《かなえ》先生、いつも熱心に仕事してくださる担当のYさま、本当にありがとうございます！

またの機会にお会いできることを願っております。

この本を読んでのご意見・ご感想をお待ちしております。

◆あて先◆

〒101-0051

東京都千代田区神田神保町2-4-7 久月神田ビル

㈱イースト・プレス　ソーニャ文庫編集部

丸木文華先生／幸村佳苗先生

queen

2019年12月3日　第1刷発行

著　　者　丸木文華《まるきぶんげ》

イラスト　幸村佳苗《ゆきむらかなえ》

装　　丁　imagejack.inc

D T P　松井和彌

編集・発行人　安本千恵子

発 行 所　株式会社イースト・プレス

〒101－0051

東京都千代田区神田神保町2－4－7 久月神田ビル

TEL 03－5213－4700　　FAX 03－5213－4701

印 刷 所　中央精版印刷株式会社

ISBN 978-4-7816-9661-4

Sonya ソーニャ文庫の本

もう…戻れない。

父の遺言に背き、母の実家を訪れた萌。そこで、妖美なる当主、宗一と出会うのだが……。いきなり「帰れ」と言われ、顔をあわせるたびにひどい言葉をぶつけられる。ところがある日、苦しそうにむせび泣く彼に、縋るように求められ——。さだめに抗う優しい鬼の純愛怪奇譚。

『鬼の戀《こい》』 丸木文華

イラスト Ciel